U0123256

寫的過程裡，偉大的正史人生依舊不斷丟出新事件來磨練我，世局動盪，生離死別，這些醜陋而悲哀的經驗，在以前恐怕又將使我陷入破壞而後重建的衝動，不過，現在，寫作牽制住我，成了一條垂進地底深井的細線。這是多年前與朋友談過的意象，現在它成眞了，我無意確認這是一個値得欣喜的進化或是注定潛入深井的表示，但或可一笑：「我已經『好』了。」惟面對過去一些敬重的長輩不知不覺有了衰老凋零的情狀，方驚覺這其間虛擲了多少光陰，眼見朋輩成新鬼，更是一次又一次換不回的荒唐淒涼。

最後，感謝自由副刊前後兩位編輯蔡淑華、孫梓評的關心與耐心，沒有他們的催促，我不可能交出這些文字。也遙寄所有共同走過史前生活的朋友們，希望你們一切都好。

二〇〇七年一月

合，代之以一次又一次的告別。後來的生活已風化成破瓦殘片，惟岩壁留著夢與勇氣的痕跡，同時，也藏著愚蠢與傷害的記號，而我是那個被留下來，來不及償還的人。

在那裡，回不去的那裡，工具是有限的，關係是有限的，愛剛剛萌芽，原始而不敢逾越自然，於是我們模仿，我們創造，我們落下手印，可能因爲虔敬，也可能因爲爭辯，或者一個美麗的誓言。船是我們的直覺，鹿是我們的愛人，撲朔迷離的語言，關於那些岩畫的圖紋與寓意，將成爲一個又一個遙遠的謎，在更大的文明到來之前，更多的考古隊伍出現之前，靜靜毀壞。

舊信

昨夜她夢見了之旗，很細緻的，眼神笑容都分明，舉止神氣也恍若舊識。事實上，她與之旗並不熟。夢的細節，一如往常，在清醒邊緣，魔術般蒸發了。留下來的僅僅只是知覺夢見了那位名叫之旗的女作家而已。

幾天前，某雜誌來電邀她出席座談會。她不多思索便婉拒了，但禮貌靜靜聽著對方說話。這其間，對方把預計參加座談的人給報了一次，就是在此時，她聽到了之旗的名字。

她的思緒震了一下，片刻間生出微微的動搖。雖然只是巧合，但很有誘惑力。彷佛初戀情人約見。可她很快回神想想今日之旗，與她實在毫不相干，她的動搖畢竟只是自己心事。

作爲一個作家，之旗逐漸成爲一個明星話題，有追隨，亦有反對，即便她不特別留心，四處依舊要聽得許多關於之旗的談論，這不全是外界附會，之旗自己也促成了這個結果——之旗是要這些的吧，她心底浮起一種惘惘的情感，說不上是關心還是失落。

偶而會有機會見到之旗，但她習慣避開，不想見到之旗，沒必要，直覺如此。她不願深究，倒底是不想面對今天的之旗，還是不想面對自己的過去。

然這一切都不關之旗的事。之旗不過是在某個時代寫了某些小說而已。那些屬於之旗往昔輝煌，如今使之旗傷逝的世界，其實離她非常遠，但或許就是遠，所以使她們更作夢地讀著。曾經她與朋友在信上寫著之旗腔氣的言語，窘困零用錢買下的幾本書，讀得有些翻角了，非常多年後在故鄉書架上看見，說不明白不堪回首的是莫名奇妙擲散的青春，還是整個台灣翻天覆地的變化，料不盡的人生。

她給之旗寄過一封信，寫在薄薄的航空信紙上，稚氣筆跡。那當然是一封拙劣的信。人要怎麼面對自己所寫過一封拙劣的信呢，她本以爲問題出在這裡，可是，時間經久，她漸漸體會，眞正使她躊躇不解的，或許不在之旗，而在那一整段時空背景，恍惚苦悶的十六歲。如果後來人景物全非，之旗因感覺被誤解而憂憤，她何嘗不與之旗一樣，從某些記憶的定點被拋擲出去，生命裡那些塞滿情感的舊抽屜，被誰翻得一片混亂，然而，即便只是隨意撿拾的一張小紙片，卻千眞萬確留著某些眞摯的記號。

無關政治，無關時代，無關族群，怎麼說都存在過的某些低微、私自的情感，要徹底將之抹除是太絕情也無效的。如同初戀的人往後再怎樣變得不復喜愛不相關了，畢竟是現時的流離變化，塵封於記憶深處那些悸動光景，依舊有著難以替代的秘密滋味。

那一封信，如果沒有回音，其實是合理不過的。可某一天，綠色郵差在她家門口緩了緩，丟進來一封回信。那是一個已經非常遙遠，寂靜，除她之外，沒有人知曉，也沒有人記得的下午，她讀了信，有什麼成眞或是什麼幻滅了，她算不清楚，那封信，在後來人生的搬遷中亦已經遺失了。

五年級

所謂五年級，以幾年幾班來標示出生年月的說法，我是在一九九七年的辦公室雜談裡學來的。這個標示法，用於閑聊的確頗爲方便，不過我以爲這只是朋友間的小把戲。沒想不過幾年，這詞迅速蔓延，創定了一個流行語。

最熱的時候，從網路到影視媒體，從藝文出版到百貨零售，無不攀用這名號作過些活動。大抵訴諸成長經驗裡關於教育、衣著、音樂、讀書、戀愛、遊戲以至零食種種紀念物，召喚集體記憶，藉此塑造世代特色。我因身處繁華多已錯過的後段班，諸多記憶和其他同學對不太上，對這個詞一直不能感到熱衷。不過，這陣子，眼看這個詞即將落入被操作殆盡的窘境，反倒有些感觸，特別看最爲炒作推手的媒體如今磨刀霍霍，全然事不關己態度，擺出一副對五年級作結論的姿態，格外感到狂歡後的現實淒涼。

若真有五年級這個世代，要感謝不少耐心十足，翻箱倒櫃的作者，抓住了多數人心上稍縱即逝的印象，不斷放送那些可以在雜談裡引起高潮的共通話題，而製造了一種懷舊的氛圍，以及權力。看在前世代眼裡，這懷舊未免來得太早，就好像現今流行音樂的偶像年齡愈來愈往下探底一樣。五年級的確如此自戀，如此無聊焦慮於自己的世代定位，但是，相對地，恐怕也從來沒有一個世代，從青澀到垂熟，被曝露得如此徹底。

關於一個人，從二十歲走到四十歲，不同階段的蒙昧、理想、頓挫、世故、算計、悲憤、狡詐之種種，眼前除了書報雜誌，廣播電視亦隨時有談話節目，不斷分享著、揭露著五年級生從戀愛到結婚，從結婚到離婚，從貧窮到發達，從頂客到育兒，從休戚與共的宿友到資源爭奪的勁敵，從昔日對坐吸菸到現在一起約了練瑜珈太極；遠至影星政界，近至日常朋友，從公共領域到私人生活，處處可見五年級的楚門秀：鉅細靡遺、腥羶不忌。

我有時對這略顯霸道又咎由自取的五年級標籤感到不耐煩，宛如大賣場成箱成打促銷的經驗談，味道也讓人發膩。可行至近日我卻又同情這個主攻消費也被消費的族群。這代人經歷了什麼？失去了什麼？用什麼方式來懷舊？具有多少能力來支付購買

郭德堡變奏曲

患有嚴重失眠症的伯爵，以裝滿整個高腳杯的金幣，聘請巴哈寫曲，並由少年學生，在隔壁的房間，日復一日爲其彈奏。

彈琴少年名爲郭德堡，世上因此留下了〈郭德堡變奏曲〉。偉大的催眠曲。

這是他對她說過的故事。

CD尚未普及的年代，他將自己的錄音帶送給了她；那是顧爾德在二十八歲錄的版本。當然，那個時候她不會知道顧爾德何許人也，在他眼中，她不過是個剛剛對世界張開眼睛的少女，少女青春，必然要爲愛情輾轉反側。

她收下這份催眠禮物，雖然當下她根本沒有睡眠問題。但是，他說的故事使她著迷，那是多麼詭異的情景：在隔壁的房間，日復一日爲其彈奏。

她聽了音樂，前後兩段相同抒情詠嘆，夾含著三十首變奏。疾快華麗的指法，甜蜜一層層翻湧，刻間粗暴拔高，旋又落入一段脆弱的沉寂，緩慢。看似簡單反覆的旋律，含蘊許多她不理解的事物。她的心本無事，如今卻因爲那些精細的雕琢，反而警醒起來，像貓豎直了耳朵，再也睡不著了，她敏感得像一隻擱淺的魚，在熱沙上翻滾。

這是他所要造成的結果嗎？她不禁猜疑，他要將她帶到什麼地方？他對她說喧鬧不穩的知識，他們的愛情，註定艱難而虛無。她一次一次傾聽，如同茫茫大海中尋求方向。巴哈心靈彷彿由數學構成，絲毫不肯輕易放棄，音符可以微析至最小變數，亦可以推論至最大和諧可能。然而，那些反覆使用的，頑固的低音，一再頓挫，使她不能舒懷。這，怎麼可能是一首催眠曲？她忍不住問他，但他若無其事的微笑接近傲慢，她沒有自信反對，只能以爲自己的音樂感受出了問題。

要到了很多年以後，她才明白，雖然同樣是〈郭德堡變奏曲〉，但鬼才顧爾德彈奏的版本本來就是讓人睡不著的。這個明白來得眞慢，慢到她已經眞正成了一個患上失眠症的人，而當年他所贈與那捲使她爲之輾轉反側的錄音帶，早就不適合新的音響。她去商店街很容易便買到了新的CD版本。顧爾德在世紀末作爲品味消費流行起來，咖啡廳、書店、醫院，隨處可聞，甚至在驚悚電影裡，也有顧爾德五十歲生日前夕的錄音（隔年他就死了），〈郭德堡變奏曲〉第二十五段變奏，冷靜而理性的配樂，注視著殺人魔烹煮人腦，啊，愛與信的殺戮，她在電影院裡哭起來，不能相信，他的面目改變這樣多，她所相信的，他已不再相信，甚至健忘地開始踐踏，那以千百隻高腳杯金幣她也不肯與之交換的純潔經驗。

第二十五段變奏，讓我們繼續禱告。在隔壁的房間，物是人非，音樂仍然具有動人的力量。

夜深人靜，伯爵日日央求郭德堡少年彈奏樂曲，即便不能催眠，或許亦能排遣寂寞。在那分明晶瑩的變奏，她聽見，靜謐與暴力的對比，理性與熱情的平衡，竟是不可思議的清楚。她漸漸感到釋懷了，那群頑固的低音，漸漸能夠回復永恆的精靈，規律而沉穩地，撫慰人，進入睡眠。

悲傷草原

一九九八年看完《永遠的一天》，老人與一隻狗，在海邊。心下模模糊糊有個念頭，就這樣停格吧。永遠的，那一天。接下來，不再看安哲羅普洛斯的電影了。

談不上看了很多電影，但某些時候，某些影像，極端固執嵌進我的記憶，經年不曾淡去。原來不過一部電影，後來倒留成了線索，象徵，時代的氣味，如過街聽見舊時音樂，忽地潸然淚下。

安哲的婚紗，黑傘，雨水，霧氣，以及旅程，某一程度，就是這類沒有道理的東西。就算不依靠任何情節或概念，亦能自行召喚記憶身世。電影裡那些手風琴樂聲在青春夜裡迴旋。罪。愛。聖潔。暴力。悲傷內容到後來其實不復追究，紀念的不過一段心靈的歲月。

時間不斷往前，西門町麥當勞興起又拆去，我們在那裡看電影的時光注定是前朝遺事。看《永遠的一天》，覺得安哲有點老熟了，打開又復闔上了。但一切也可能只是我自己的眼光變化。整部片子回頭已記不清楚故事。開場白色窗簾翻飛，捧籃裡擱著沒織完的毛線球。逝去。不動容的世界。人生，讓我們記住，永恆的，那一天。就好。

其他，就算不能忘卻，也使之平靜吧。因而聽說安哲再拍《希臘三部曲》，所謂壯闊的人生愛情史詩，心下不免納悶，故事，如何再說重頭。

一個下雨天，終究還是去戲院了。偌大空間，只坐了四個人。悲傷草原。離開時候，我意外沒有何等憂傷心情。雖然這根本不是一部輕鬆的電影。但似乎有種重逢的感覺掩蓋過了絕望。

這是關於流亡族裔 **Eleni**（這希臘電影裡永恆的名字），關於神話歷史，關於人類愚蠢盲目，關於一樁愛情悲劇的故事，故事有很多種說法，安哲選的總是：述說，不如象徵；彰顯，不如刪去；沒有客觀，不如主觀。比起那垂掛在樹枝上的十七頭羊，令我印象深刻的倒是，兩個親密依靠的兄妹愛人在碼頭分別，來不及親手織完的紅毛線衣，在兩人手裡，隨著距離愈拉愈遠而一針一針再度拆解散去，到最後線頭迎風翻飛而去，這誠摯的丈夫終於一聲淒絕劃過海面：**Eleni**——。

這是安哲電影裡少見的紅色。其後這流亡族裔也飽受時代操弄，命運愈發悲慘。不過，儘管全片充滿激情，恐懼，相思，蹂躪，但我們坐在寬敞的螢幕前，沒有看到現場。往往只是片刻黑暗，一兩句話，便帶過了現場的累贅，時間的殘忍。

「沒有」遠比「有」來得更多，「想像」有時比「現場」力量更大，而我們的經驗也不是禁得起次次重現。我漸漸懂得了，想像，說來或是安哲保留給我們的，一點慈悲。

放逐回歸的旅程，依舊在路上。本來打算息影的安哲，小換位置與我們重逢打了一次招呼。那些業已闔上的，再度打開來，轉頭對這世界再看了一眼。這一眼，絕望與微笑，美妙與荒誕。

恨情歌

陳昇一九九六年的專輯裡，有一首歌：〈鏡子〉。差不多是這樣的夏季，我在大台北瓦斯旁的一間pub，聽到他唱這首歌。那個晚上，好像所有人都在喝可樂娜。

那年我二十七歲，剛結束短暫的國外生活，對陳昇前幾年唱了什麼，有點生疏。朋友寫信來，提的是伍佰：我們一夥誰誰誰，每週五晚上，都花伍佰去聽伍佰。那時我雖未聽過伍佰，陳昇倒不可能沒聽，畢竟我們的大學生活是從他那張《擁擠的樂園》開始的。

「如果你們認爲我有一點怪，那是因爲我太眞實。」這個文案，陪很多人長大，很多人聽陳式情歌聽上了癮。大學畢業的夏天，有班對分手，有朋友翻臉，誰即將出國，誰求職不成，誰不知下落。天氣好熱好辣。一個爲了愛情自殺未遂的朋友，咬牙切齒說：現在最恨聽情歌，是哪些傢伙寫這些自以爲是、小題大作、不灑狗血不要錢的情歌。

這話聽起來不很對勁，但我不知如何反駁。隔了幾年，現場聽陳昇唱歌，開場即是一曲〈恨情歌〉：「不要像頑皮的孩子，老說爲我唱情歌。」

我忽然聽懂，原來，有些時候，濫情的不是寫情歌的人，而是永遠戒不掉要聽情歌的人。我忽然懂得了這個恨字。這是一個生日禮物。新朋友邀約我來，聊著彼此的舊時光，儘管人人都有些絕口不提的故事，但是，如果可以，跨過這個門檻，總想賭一個新未來。在滿場暈眩的情緒之中，忽而響起一種沒聽過的旋律：「你說你不能忘記過往，總是有些心裡解不開的苦，就算是生命的窄門走了一回，抬頭依舊滿天的霧。」

很放的旋律，無所謂暴露著一種放縱的居心，若說台下很多人已對舊曲麻痺而不再輕易被打動，這首新曲無疑又下一記暗招，更新了濫情的語碼。喝了不少酒的陳昇，嗚嗚咽咽地喊唱：「也不是想要走到這等地步，還要去分辨兩人的天眞……，我都已經不再愛我自己，就不會在乎愛了你——。」

我聽著聽著，幾乎起了惱怒，覺得眞是夠了，幹嘛到這地方來，一種被算計的難堪。不過，這同時，我彷彿也就明白了昔日恨情歌的朋友。正是因爲被觸得正著，所以惱怒吧。可這倒底是我們自己買票進場來聽情歌的，來了，就一起來灑狗血吧，和所有場內人一樣，這是今晚的配額，聽完這一曲，之後，跨過去，不要再提，誰要跨不過去，就卡在這裡了。

這個二十七歲的生日，甜美的，醜陋的，都告一段落吧。

走出pub已過午夜，門邊有人喝醉蹲在地上大吐，大台北瓦斯的大圓球，依然如同外星怪物，埋伏在台北的深夜裡面。離開那裡，我希望那是最後一首，唱成那樣子的情歌。

所幸，後來陳昇似乎沒再寫這種嚇壞人的情歌。不過，也很多人因此不再聽陳昇了。但我看他仍如一個時代樣本，有時往後收一收，有時放膽往前走，有趣依然有趣。直至某夜，他被人打了一頓，不僅頭上掛彩，整個人，也彷彿被打歪的電視般，成了另副模樣。去年年終演唱會，一首經典舊歌〈凡人的告白書〉，他竟能打扮成心海羅盤葉教授來唱，實在kuso至極，讓人笑到發淚。那曾經是一首把青春無敵的驕傲與哀愁，一股腦傾倒進去的歌，如今，只好自我調侃，是不容易聽懂的了。

如果還有明天

「你轉回頭，這條路不該你走；你轉回頭，我替你跟他們說。」這是劉偉仁，於上世紀最後時光，於不夜酒吧，輕緩的開場白。這之後，他接著唱那首被許多人記得的曲子：〈如果還有明天〉。或許唱給他的摯友，也或許不一定為誰而唱，雖然人們習慣認定，〈如果還有明天〉，屬於薛岳《生老病死》專輯，逝去的搖滾及其灼熱生命。

關於那個晚上的演唱，有些畫面被保留下來，拍得很隨意，模糊而昏暗，場內聽眾的裝束，對比今日，舊得樸素，但其中的劉偉仁仍顯得十分迷人，像一個遙遠夢裡的人物，而那個夢，在我們走進酒吧之前，在音樂響起前一秒，是已經被遺忘的，如同每天早上被我們忙亂丟棄在枕畔的任何夢的蛛絲馬跡。

一段鋼琴前奏，非常溫柔的水痕，加上劉所彈的吉他，帶出一段華麗洶湧的回憶，關於那些再不可能重新解碼的往昔，然後，便是那熟悉的旋律，龐大的激情：如果還有明天——。

比起薛岳，劉的演唱是陰柔而感性的，與其嘶吼毋寧是壓抑的。我常被這個演唱版本打動，特別是那句「我替你跟他們說」，明明剛強的音樂，卻赤裸裸唱著極端柔嫩的癡情妄想。他們是誰？如何去說？簡直像天眞的孩子張著大眼睛，翻開手心裡僅存的幾枚銅板，也要爲心所在乎的人，跟死神巨靈進行不可能的交易。

如果不是這樣的一句話，也許我會忘記，這首歌是他寫的。如果不是這樣一句話，我會歸類這首歌已成爲集體懷舊的表徵。如果不是這樣一句話，讓人聽見歌中對逝者的低語。

「該擔心你的，還是要擔心你，在明天後，走在我們前面，那種懷念的感覺，有什麼不同的感覺……」劉在不夜城版本加唱了幾句詞，語意不很清楚，也不容易被聽見。歌唱到那裡，場內已是煙霧繚繞，人手一瓶鹽狗，要等的只是動情加入，大聲合唱：「如果還有明天，你想怎樣裝扮你的臉？如果沒有明天，要怎麼說再見？」

這溫度似乎夠了，某些年代的記憶與氣氛也確實留在那裡了。時光不過幾年，回首當年場子裡男男女女竟多襯衫領帶套裝，一副拘謹中產階級模樣，即便曲末如何高潮，情緒波湧，仍然沒有脫序，宛如水雖燒足了溫，但就是沒有沸騰。

歌手劉偉仁的面容略減了些九〇年代初期的病氣，可神色間仍是有傷痕的。他站在台上，彷彿成爲台下所有昨日的投射，所有生命渴望、無望、反叛的象徵。這些人，那些人，去到那裡，與其說是追星，毋寧是去看一個同代人，我們透過他召喚過去的氛圍，指定他看守記憶的倉庫，我們開始喜歡談論悲劇，對待悲劇人物如同對待不用澆水的植物——。

這幾年劉偉仁還是在老地方唱，聽歌的人大概已經又換了一批。人們如潮水八方流走，卻自私地希望那個人一直代替自己站在原處，無視於往事荊棘，無視於年華逝去。如果還有明天，如果眞的還能夠有明天。說不出來這是吶喊還是哭泣。

情見

有一陣子，我與一位醫師，經常使用加法與減法來談事情。

關於九〇年代，他的說法是：你們過度使用加法了。

他的話在我腦海喚起的景象，以普遍現象來說，當然是解嚴風潮的學運青春，那些身在其中或繞著周圍打轉的人，彼此傳染形塑的生活模式是：開不完的書單，過分嚴肅認真的神情，鼓脹氣勢的言論，以及，午夜漫長的傾訴，一封一封手寫書信，眼淚，吶喊，自我傷害。

關於個人記憶，我想起的則是，那些年徹夜的走路，徹夜的對坐，說不明白倒底有什麼動力讓人走那麼遠的路，擠亂那麼多的言語，倒底有什麼東西那麼多，那麼滿（或根本就是一片空虛），必須經由這樣不停不停地遊蕩與敘說，不要停下來，才不至於在靜止中尖叫發狂。

我們也許是聰明的，透過直覺與天賦，能感應掌握各種知識輪廓，迅速進入狀況。面對內心隱藏不了、管束不了的熱情與迷惘，我們堅持：想不通的點，就再繼續想，熬不了的痛，非咬牙看清其中的眞相不可——使力氣，再多使點力氣，思索吧，千萬不要放棄思索——我們迷信自我，迷信心的加碼，力量無窮大。

時移事往，這樣一隊人馬，一路行來，提前分道揚鑣者有，中途陣亡者有，長途跋涉、疲態漸露者亦有。原來的行伍至今彷彿散成痊癒與未痊癒兩類陣營：前者扯落一身昏暗，登上了明亮台前，複製甚或超越了昔日批判的資產階級生活：後者神貌走樣，適應不良，離婚，自殺，皈依剃度，侍奉於主。

也搞文藝工作的朋友說：一跨過二十世紀，忽然發現，每個人都過氣了。

精神醫師給了個微笑：該是學減法的時候了。

日前亦聽得出家人語：情見折磨，苦不堪言。

對「情見」一詞有點觸動，遂去查書，得句曰：凡夫情見，猶病目之見空花。

啊，猶病目之見空花，豈非幻覺一場？情見，生活於自我當中的結果？可是，我們不是被告知，獨立思考，用自己的想法去解決問題？整個年輕生命，執著於情，建構於見，我們以爲經由情見，將開發並證明生命的意義。結果竟要落得病目空花，與幻相爭戰之人，恐怖的迷失與懷疑？

人生無常撲面而來，「自我」變成一個尷尬的詞，如同解嚴後「自由」變成被用壞的詞。我們需要修正，甚至將自我擱置交付，放下，將執著心念如舊檔案整理歸檔，不再任意使用。我與醫師約莫如此談論減法，然而，迴身自己文學身分，不免又生疑惑。

文學，特別是小說，所謂情見恐怕恰恰正是重點所在。映現情見生滅，關切人受情見折磨之情景內裡，正是小說慈悲動人處。倘若要以減法將色身心靈探勘予以止步，去病目而不視，那麼，我見到的是什麼？在這一點上，彷彿又是一個執迷不悟，我又覺到了寫作的危難。

書櫃的缺口

我的書櫃有個缺口，逛書店看到似曾相識書名的時候，工作關係忽然需要一本書卻遍尋不著的時候，往往一腳跌進那個缺口，還空著，沒有補起來。

那個缺口是遷徙造成的。學生時代常搬家，身邊的書封箱拆箱，最是困重。終於有一次，出國前，把已經冷落不讀的書，打包寄回老家，而一些歡喜看重但無關功課的書，因爲捨不得，裝箱託給還算情人的朋友，準備日後安定可以海運，或讓我回到台北之際方便取書。

這些考慮後來一點沒派上用場。更明白說，我再沒見過那些書了。情人關係不再，混雜著傷痛與逃避，我連一個住址也不願給，那些書便因此沒有被運送回來。

那些箱子裡，倒底裝了哪些又多少的書呢？很長一段時間，我不想去計較這個問題，計較了也面對不了。後來就漸漸眞得記不得了。惟有在某些時候，因爲想找一本非常確定自己擁有，但在可及範圍內卻怎麼樣也找不到的書，心底難免幾分明白，那本書，大約就在那些沒回來的箱子裡吧，這麼多年，想必濕了，蟲蛀了，或被轉送到哪裡去了。

我在乎那些書嗎？當年裝箱時候，一定是在乎的，否則就一起寄回老家了。可後來爲什麼卻沒辦法要回來呢？這段期間，我既無追回那些書箱的能力，亦無追想書目將之補足的打算，眞遇到非用不可的情況，也只是到圖書館去借，用完又還回去。我不知道我在延宕什麼，這麼多年忝不知恥地讓身邊的書維持一個窟窿，讓生命張開大嘴，露出一塊知識缺口，一段記憶空白。

好比，曾經有人問我關於尼采的問題，說，那時候哪個文藝青年不讀尼采呢？我不能回答這個問題，因爲尼采也被囚禁在那些沒有回來的箱子裡，年輕的我不是一個純正的讀者，知識與愛一同幻滅，知識連同時間一起忘卻。

我忘了。就是如此。

然而，這個冬天，我回頭買了一本尼采。彷彿在那個缺口，下定決心地，放進了一本書。

接著要補充或僅僅只需想起的是，那些流散於八〇年代的文學書，一系列小字體的志文出版社，跟著流行亂讀一氣的哲學社科書，以及，遙遠的遙遠的，一丁點關於信義路國際學舍的回憶。那曾經是一幅知識體系、流行景觀的殘影，也是一組屬於過去的記憶密碼。

我開始重複買下幾本分別經年的書，讀著它們的新版樣貌，看它們如今被遺忘或被批判的狼狽狀態，彷彿喝一杯擱過頭的茶，一種淡澀難以言明的憂傷，彷彿遠方傳來的一個回音，波折跋涉，終於在心裡得到了反響。它們可能是「許多年後，當邦迪亞上校面對行刑槍隊時，他便會想起父親帶他去找冰塊的那個遙遠的下午……」，它們可能是「我討厭旅行，我恨探險家，然而，現在我預備要講述我自己的探險經驗……」。我讀著，彷彿從塵埃裡拾回自己的舊玩具，一個人的嘆息，而兩個人的愛意是一點餘韻都不留下的了。

卡夫卡的蘋果

有個機會在布拉格，忘了在哪座橋上鐘樓，與捷克朋友氣喘噓噓爬到頂點，賣店裡和過去幾天我們已經在許多景點看膩的情況一樣，到處是關於卡夫卡的紀念品。我問，捷克人是怎麼讀卡夫卡的呢？朋友回答，年輕時候，怎麼樣還是《變形記》吧，儘管後來已經覺得《審判》或《城堡》之於自己是更有所感了。

年少讀書，彷彿談戀愛似的，輕與重，懂與不懂，不見得清楚，但只要用點情讀過的書，在後來時光裡，即使只是聽人談起書名，也要怦然心動。

像書蟲殘骸般被擠進書堆角落的《變形記》，使我驚悚的不是人如何會變成一隻甲蟲，也不是既然變成了甲蟲竟還好整以暇、思量計較著日常生活與職業身分的種種，而是在故事中途所拋擲出來的一只蘋果。

變成蟲的兒子，不好好躲藏起來，現身嚇昏了母親，這讓父親氣得拿起桌上的蘋果朝他猛扔，一個接一個，其中一個重重擊中了他的背而深深地凹陷了進去。蘋果這個象徵，若非鮮豔的誘惑，頂多也只是懷有劇毒的暗示，然而，在這裡，它不再是個果實，而像個充滿憤怒與憎恨的石頭，無情穿透了甲蟲的背殼，且一直執拗地停留在那裡。

我常假想，這個故事是否可以在哪裡，安插一點情節，讓哪個人可以慈悲地替這隻蟲除去背上的蘋果，不要使之繼續發爛下去。最被期待的角色，（除了那個粗魯的，在最後拿著掃把反覆撥弄，確定這甲蟲的確已經死了的清潔婦之外），當然是他的妹妹。在他變成蟲以後，這個妹妹，是家裡唯一沒被他的模樣嚇壞，偶而會給他送食物，探探動靜的人。在他帶著那只爛蘋果在房間裡日漸厭食消沉下去的時候，再度把他吸引出來的也是因爲妹妹的琴聲。

一隻甲蟲是不應該受音樂感動的，然而，或許也正因爲他是一隻甲蟲，才聽懂了那音樂裡的魔力。小說裡是這樣寫的：「他覺得自己一直渴望著某種營養，而現在他已經找到這種營養了。」他爬出來，懷著對妹妹的愛，即使他是隻甲蟲，也就要用甲蟲這可怕的形狀，守護妹妹的琴聲，就像他還能維持個人形的時候，那股要送她進音樂學院的決心。

然而，這個再次現身，還是把一切都搞砸了。眾人嚇得魂飛魄散，包括他的妹妹。她再也受不了了，大喊：「這不是他，我們一直這樣相信，這就是我們一切不幸的根源。」

他虛弱地爬回房裡去，馱著那只爛蘋果，繼續做一隻蟲。沒有轉圜，沒有奇蹟，甚至沒有人注意到那只發爛的蘋果。他死去，且還帶著傷害的痕跡。

如小說一開始就強調的：這可不是夢。如果我們心存僥倖，以爲這樣一個不合常理的蛻變，必然會在幾個段落之後，再變回去，故事總有餘地可商量，而在其間發生過的悲哀與殘酷也將有所回報，有所意義——如果我們是這樣懷著在文學裡尋找安慰與趣味而出發的話，想必要爲這個絲毫不給回應而就此一變不回頭的小說，大大地感到驚駭了。

不過，我們可說些什麼來反駁呢？如果，在某一段生活過程或僅僅只是某一個早晨，我們發現自己變成了一隻蟲，那麼，接下來的情節，很可能是，我們眞的就變成了一隻蟲，以此以終。

普魯斯特的圖書館

我的《追憶似水年華》，第二卷，作爲閱讀進度備忘的紅色夾書線，經常擱在第二〇八頁。

在這個章節的開始，他動身要去渡假地，說起來是爲了遺忘一個愛人。這是一次想要否定過去記憶的出走。他說他常常憂鬱地想：我們心中的愛，對某一少女的愛，可能並不是什麼確有其事的事情。

把這個憂思翻成白話文，可能是：時間可以治癒一切，沒有什麼千眞萬確，不能改變，不會過去的情感。曾經愛過少女的那個我，並不是現在的這個我。只是，某些片刻，那個過去的我忽然冒出來，那經常是一點小線索的牽動，而那個小線索，恰恰就是在過去被習以爲常、不以爲意，很快打進遺忘倉庫的一些經驗。

記得的，未必是念茲在茲想留下的；忘記的，卻堆積成爲庫存的往日。許多訊息被鎖在遺忘的倉庫裡，不被察覺，但卻沒有消失，普魯斯特在第二〇八頁用了一個譬喻：「就像把一本書籍存在國立圖書館一冊，不這樣，這本書就可能再也找不到了。」

好了，這就是我把夾書線擱在這裡的原因。

這個譬喻之於我很受用，它以很快的傳導速度，在我腦中立即帶開一個圖書館裡千百排書架，千萬本書的畫面，普魯斯特竭盡心力要建築的回憶巨廈，忽然也就在我眼前浮現了細緻的構圖。

我上圖書館去，通常不是爲了找地方唸書，而是尋那些不容易入手的書，因此，格外能夠理解，那種把一本書放進圖書館，以免日後再也找不到的準備。再者，這個譬喻又深具魅力地使我陷入想像：那本書，會被放在哪裡？什麼人，什麼時候，會來找那一本遺忘之書呢？

我常覺得上圖書館是一種神秘經驗。窩在圖書館比窩在書店更疏離更冒險。在書架間有目的或漫無目的的遊走，剛開始也許眞的只是找一本書，但後來總演變成發現另一本書，另一層書架，另一個時空。我總莫名其妙遇見與當下生活不相關的書，又往往莫名其妙被迷住地撿著文字森林裡丟下來的麵包屑，一步一步往前走。

那些書，等著，彷彿一切盡在預料之中的陌生人。這些偶遇，與其說是知識的好奇與飢渴，我更喜歡稱之爲一種神秘的發生。打開被遺忘的書，彷彿推開一個又一個堆滿理性與感性的倉庫，時空流動，相互溶解，是我記起了它們？還是它們召喚了我？闔上書，抽身離開無意闖入的世界，走回圖書館外白花花的陽光或黑沉沉的夜，我經常不知身在何處，倒底是過去一縷幽魂在此看見了自己的身世？抑或遙遠的未來在這瞬間下了棋，使我現下找到了這本書？

日日更新的記憶，或有一個普遍的規律，什麼應該記得，什麼最好忘掉。可那些被遺忘，被我們自己的目光所避開的，有沒有一個地方可以借放？不這樣做的話，過去就可能再也找不到了。

在記憶的圖書館裡，我猜想，普魯斯特是那個滿腔愁緒甚至處心積慮要在國家圖書館裡借放很多很多書的人，而圖書館長波赫士則是那個大膽心細找出角落許許多多遺忘之書的老偵探。

遺忘吧。即便對愛情的回憶也不能超出記憶的規律。把幾個關鍵密碼鎖進遺忘，如同把幾本書偷偷藏進圖書館的書海裡，讓它發黃，讓它沾上塵埃。如果有某個時刻，某個人要找到那本書，翻開它，閱讀將在那種時候，最徹底表現它的魔幻之力；

如同記憶，在遺忘現身的瞬間，最徹底凝視自己：什麼時刻眞正美好，又是什麼使人流下熱淚。

反書寫

近年來有些機會聽修習文學的學生談小說，他們把許多我感覺十分內在或只習慣書面化的抽象辭彙，俐落大方掛在嘴邊，使我對比回想自己學生時候的文學姿態，竟是那樣彆扭，莫名奇妙感到羞愧，幾乎類比毒品應該隱藏而戒斷。

那時的年輕，對文學喜愛往往是孤寂而無力的，任書包裡放著如何鍾愛的小說，總無人相談亦不與人相談。文學沒有以熱情、自我感覺良好的媚態，使我加入一整批堅持品味、張揚反叛的文藝青年群，反而像層薄膜使我與他人隔閡，我是那樣怪異，身在其中卻不願言及，甚至迴避，迴避著讀文學，迴避從事與文學相關的工作，一種幾近反射動作的抗拒。

我總惱怒於寫作之於私人的侵犯。然而，作爲一種職業類別的寫作又不可免跟自我表露脫不了干係。與朋友寫信提到，卡夫卡的〈飢餓藝術家〉——一個以絕食爲藝術的表演過程，在馬戲團的籠子裡——我每回看每回不免難過又憤怒，既同情理解於這個行業，但又實在不忍卒睹其「表演」形式。即便足以將寫作暴露予以合理化或予以昇華的「書寫治療」一詞，亦不能將我收服，我不能完全同意，在混沌幽暗、盲目暴亂的情緒洪流裡，就憑書寫之摸索、放牧、傾吐，果眞能換來那樣的值得。

我曾在某段時期，與另一位寫作多年的朋友談起這種惱怒與焦慮，對方聽了沒附和我也沒反對我，只是淡淡說了一句：就創傷而言，你是反書寫的。

由個人經驗拉高到普遍經驗，這是值不值得寫、寫得好不好的老生常談。年輕時讀大江健三郎《個人的體驗》，過程中深深覺得同感：「倘若拉高不了，無法產生一點點人的意義，即便過程如何不堪，結果還是與世隔絕的苦差事，毫無所獲一邊感到羞恥一邊掘井挖洞罷了。」

然而，小說中的救贖角色，是這樣安慰主人翁的：「從我的經驗來說，只要是和人有關的，就絕不能稱爲毫無結果的痛苦。」

從生命汲取創作的柴火，暗夜裡慢慢點燃，我總想等待個人經驗足以析濾出對他人亦有所意義的時間，以及能力。這個等待固然是顚撲不破的道理，但關於成熟與時間的感覺，卻是隨人主觀的。

反書寫一說，點出我與寫作這一行的最矛盾。可回到文學初心，我也不免自問：反書寫，是出於堅持，還是迴避？時候未到，是關於素材與技藝？還是關於誠實與勇氣？我回頭想，飢餓藝術家確實把絕食當作一種表演了，可是，最後當一個觀眾也沒有，甚至人們早將他忘得一乾二淨的時候，他依舊繼續絕食——重點是在這裡吧——他對管理員說出了最後的幾句話：「原諒我，我實在別無選擇啊，如果我找得合適的食物的話，相信我，我絕不會故意驚動他人的，我會像你和大家一樣，每天吃得飽飽的。」

最近一段關於王家衛的訪談，也使我印象深刻：「要當導演，你就要誠實。不是對他人誠實，而是對自己誠實。你要知道自己爲什麼要拍電影；你要知道哪裡錯了，而不要諉過於人。」

說得簡單，甚至乏味，但是內行話。對自己誠實，遠比對他人誠實，是更內在的問題。我想起朋友說的反書寫，之於我，某種程度，這或許亦是一種諉過於人吧。

小說閱讀術

都說文學已死，但近年看書市現象，倒覺得有一批人口對小說產生了興趣。要不至少可以這樣說：原來那些不多的文學讀者，近年閱讀癖好明顯轉向了小說。

無論從具體銷售數字或各類心得文章來看，愈來愈多人在小說裡讀出了滋味，小說裡的腳色、情境、對白，在擔負說故事的機能之外，被淘洗出來，對讀者另行產生了意義。如同消費王家衛的電影，不少年輕讀者把小說世界疊合參照於自己的經驗記憶，讓小說裡的人物、氣氛、情緒，滲透衍生到自己的生活，構成了情深意濃的私閱讀。很多人能夠熟練且鍾情地記住電影的某些對白、關鍵場景，並藉以與他人溝通、傾訴，儘管一句對白在原來的故事裡是有其前後上下脈絡的，但同好之間往往只消彼此說出一句對白，就傳達了特殊的訊息。

這樣的經驗，在過去，也曾發生於我和幾位共同走過文學青澀道路的朋友之間，那些彼此傾訴的言語，現在想來簡直宛如密教組織，好比：「你知道那條魚，代表了那麼多那麼多……」，或「她使用刀叉的模樣，我是不會忘記的」、「從他身上，我看到所謂輕飄飄的德行」、「哎，她那樣對待她恰恰是完全錯了」之類，根本是只有提示語的交談，讓人摸不著頭緒，但那實在眞像電腦密碼，通關密語，當程式應聲開啓運作，靈犀一通的共感，幾乎讓人快樂得顫抖。

隨著朋友年歲漸長，各自立業，小說密教組織當然已經解散，讀小說成了孤獨的狂歡，早無企圖想由小說獲取什麼實用知識，然而，卻也在這種心境，愈發領教到小說的滋味。

想來，學生時代對小說或許賦予了太多的期待值，認爲小說既得開發我們的情感，還得對我們的理性有所整頓。可如今拉開了時空的長鏡頭，漸漸覺得與其在小說裡求一個結構規整的人世與內心景觀，小說所能寫、該寫的錯誤、失序與不可言喻，恐怕比前者多上太多。

在小說的閱讀裡，故事到後來該發展成怎樣的局面，作怎樣的抉擇，又得到怎樣的領悟與教訓，固然是必修課程，但推演於過程裡的跌宕、徘徊、物傷其類，有時卻是讓人難忘的選修學分。一個人的茫然無措，值得的話，一本磚頭小說也是寫不夠的。只是，我們得有本事細細追究，哪些傷害與代價，是怎麼刻骨銘心的？而錯誤是從什麼時候啓動？秩序從什麼時候開始亂掉？釦子是從哪裡開始扣錯的？這些苦苦思慮，拿到現實生活裡看，可作可不作，作了，是給自己一個說法，讓生活機器繼續運轉下去。另一方面，也可以完全不想，簡言之，活在當下，過去的事何必再想。然而，在小說裡，想就此跳混過去，卻有困難。雖然小說確是虛構，但要撐持一個虛構的世界於不墜，堪得起人進人出，各作解讀，反倒不是易事。

讀者之外，亦作一個小說寫者，很多年來，最使我感到輕重難辨的，就是這些關於錯誤與失序的穿越動作。反覆拆視一個錯誤、混亂的結構，被迫不斷重返現場，差事之苦暫且不論，穿針引線之後，把扣錯的釦子一一再扣正回去，卻是一件恐怕再也不穿的衣服，好不空虛。

因此，這幾年讀小說，如果得以單單純純只作一個讀者的話，在秩序與意義之外，我慢慢移情於對整個作品架構來說也許並不那麼重要或是伏而不顯的小小螺絲釘，了無企圖地漫遊於小說的某段低潮，白描，物事的擺置。在那裡，我發現了其他的趣味，可能是忽然換隻眼睛看見了作者踽踽獨行的背影，聽見某些輕聲細語，或完全只是自己的遊蕩，在某些細節打上自己難忘的記號。

當我自己有了這樣的變化之外，也就注意到了不少匿名讀者的小說閱讀術，好比這幾年的網路世界使人驚奇的除了那麼多那麼多的自我坦露之外，不時亦會看到一些讀者因爲無所忌憚、暗夜私語反倒對小說展現了個性的閱讀，他（她）們愈來愈細緻賞玩到小說的細節，其視線有時甚至接近戀物，只消一個背影，一個氣氛，人人各有衍生聯想，各自投射沉迷：這些閱讀雖然展現了驚人的破碎及偏執，但是，似乎也反映了之於價值搖擺、鬼影幢幢的當代生活，小說依然是一種適合而充滿迷媚的形式。

讀書

不知不覺，在幾次文章裡提到舊書重讀的事情。是的，這的確是一兩年來我深覺感激之事。

一種純粹由閱讀而來的情緒波動，一個結結實實的收穫。與新書出版浪潮沒有關係，不是求知慾擾亂作祟，也不出於撰寫評論或導讀的需要，只是想到，把書找出來，翻開來讀。

如果眞的讀下去了，那就關上了一個世界，打開了另一個。換個角度說，在決定翻開那一本書之際，就已經注定了要去另一個方向。那個方向，可能是一個被遺忘的，過了氣的所在，也可能只是一個因爲我們自己負氣，而將之忽略拋棄的地方。

這說來是簡單的事，閱讀本來不就該如此嗎，關上了一個世界，打開了另一個。但有時候我們眞得就是忘記了這些簡單的經驗。愈是置身於充滿書的環境裡，愈是遺忘了讀書的初心。好長一段時間，我做著必須處理大量書籍的工作，腦袋裡很能自動運作諸多國內外出版社的書目資料，相關評論，甚至銷量。我知道許許多多的書，但也僅僅只是知道而已，未必有時間可以坐下來讀享。最糟的時候，書海浮沉非但沒有提高我的閱讀興趣，而是使我疲倦冷感。那些年，如果眞看了什麼書，也只是些生冷小書，要不就是大塊大塊的知識工具，我似乎不願意爲書消耗太多情緒，無論是狂喜、耽溺或憤怒。

眞正在心裡引起回音的書，其實沒有眞正說出來過，甚至連回頭看也沒有了。後來我更掉入一種完全無法閱讀的狀態。所謂無法閱讀，說白了就是：看不懂。一本書，一頁字，明明一行一行看過去，但就是沒有啓動任何功能鍵，沒有帶出畫面，沒有訊息，沒有指令，宛如漁人撒了網，撈上來，什麼東西也沒有。腦袋裡的通路四處落石阻斷，任何交通工具走到半路，也只能無奈折返。

那大概是最壞的情況了。還好，這幾年我又開始能夠閱讀，彷彿腦子裡一整批功能鍵再度被更改了程式，我翻開書，忽然覺得大風吹過，一陣漫天風沙後落定了一個新局面，恍若隔世地接收到了新的訊息。以前讀不下的書，忽然看出了滋味，以前看過的，改頭換面好像從來沒有認識過，不，與其說不認識那些書，不如說幾乎不認識當下這個閱讀的自己吧，如果我在此時讀懂了什麼，那麼，當過去翻到同一頁的時候，我倒底以爲世界長得什麼模樣？

身邊書還是一樣的多，甚至比以前更多，但我好像忽然認得了方向，像推開咖啡館的門，很快知道約好等候你的那個人是誰。漸漸覺得讀書是在解開自我的秘密，特別是在一些舊書裡，發現一些塵封已久的謎底，那感覺眞是難以言喻。

如果這是因爲我從來不曾將閱讀作爲一種依靠，如果這是因爲我從來不曾眞正那麼寂寞，那麼，現在，我走到這裡，打開等候我的書，像走失很久的同伴，總算找到彼此，也像綿延時空裡原來有那樣一個人，就在那裡，等著你回去找他。

痛苦，叫喊，都過去了，打開書，打開，讓陽光與痛苦，微風與記憶，吹進來，湧進來，沒有什麼能再驚動了。

等我十分鐘

寫給一位醫師朋友的信。

開場白依舊是拘謹的：對不起，這是一封遲來的信，一個遲來的道歉。如果可以，我希望還可以說聲謝謝。

道歉從何而來？如果你還記得，那個無禮的最後會面。不過，當我離開的那一刻，我想，多年經驗如你，其後的發展，想必都已預料到了吧。

我們一如往常談話，節制而頑強地。室外的繁忙事務擋也擋不住地淹進來，人聲，腳步聲，催促的電話鈴聲，最後，有人在門上敲了幾響。你只好站起來，開門交談幾句，回頭說：「等我十分鐘。」

我沒有聽你的交代，從書架上抽本書出來看，而靜止在原來的位置，動也不動，坐了十分鐘。或許更多。更久。但這完全不是重點。

返回之後，你再度表示歉意。然後，把記事本拿出來，說了不過是跟每一次都一樣的問句：「你下次什麼時候來？」我先是不知如何回答這句話，後又因無法回答而焦慮起來。一焦慮就摧枯拉朽了。

整個場面，從結果看起來，是那該死的十分鐘所惹的禍。不過，你我都很清楚，那不過是個巧合罷了，不是那十分鐘，也會有另一個十分鐘。短暫的空白，我可能忽然醒了，也可能決定要罷手，我對自己發問，坐在這裡的一切一切，從何而來，又能往哪裡去。有道堤防，就在這暫停的十分鐘內，放肆潰散，我所在的這個房間，瞬間暴浪波湧，地動天搖，我任憑吞噬，逃不出去。

所有的理智，只能死守最後防線：不能不告而別。我想像往常一樣，說聲謝謝，毫無異樣的離開。我竟忘了在這之前還存在著一個疑問句：「你下次什麼時候來？」這句話像最後一根輕盈而溫柔的蘆葦，完全壓垮了我。我答不出來。「這一切都沒有用，這一切都沒有用！」我猛然洩漏從未在你面前表現過的悲慘情緒，丟下這樣的結論，離開，再也沒有回去。

如此下場，你不會沒碰過，應該也不會放在心上。然而，這幾年來，我始終惦記著要說一句對不起。這一切都沒有用，無論如何，我沒有權利作這樣的評斷。不管這條路有沒有盡頭，可不可能透光，那樣魯莽的拒絕畢竟太不禮貌了。是的，禮貌，這個老式說法，我堅持。我知道，我是一定要道歉的。

這個道歉，一旦沒有及時說出來，擱上了時間，就像等公車一樣，跨過一個臨界點，便打定主意要等到它；我開始對這個道歉斟酌起來，在道歉裡加入愈來愈多的內容，彷彿必須加入足夠的承諾與實踐，必須有所痊癒，才夠格說出一句抱歉。然而，我作不到，我一直還沒有能夠做到，所以，我一直還沒有道歉。

你似乎這樣說過，我做太多的道歉了。我不能總在不知如何是好的時候，就道歉。這樣的道歉，有時候，是在踐踏自己。

回首那段既像陌生人又如棋手般對峙的共處時光，的確，我們離神秘的核心還很遠很遠，不過，若要定論那一切都沒有用，原因應該多在於我而不在你吧。到我離開爲止，點亮或吹熄的那一切，它的確不足以帶我走下去，遍地荊棘，不過，無論如何，是它踢領我，出發了。

這是我要說的，關於道歉與致謝。

復育

晴天或雨天，早晨或深夜，從後陽台，從房內的窗，我看見屋後的半屏山。山腳下的縱貫鐵道，從破曉到子夜，火車南來北送，時不時要拉幾聲長喇叭。附近殘存一塊未被建商相中的空地，種著低矮的果樹，有幾隻野狗流浪漢似地寄身於樹叢裡，晚餐或深夜，總要為搶奪食物地盤，在這裡鬥上幾回合。

好幾年來，我總寄居於大城市的邊陲。這些地方並不美麗也不詩意，多的是為生活拖勞役的人們，他們大多數是微小的中產階級，也有分崩離析、失業無措的家庭。我大約總在一個地方住上兩三年，搬走時，因緣巧合，總差不多是城市擴張計畫要延展到那地方的時候。好比住新店時，搭公車到敦化南路上班，經常塞上個把鐘點，搬走後，捷運很快通車，碧潭橋的車陣長龍不復見，整個地區也翻新熱鬧起來了。

同樣情形，移居高雄之後，又發生了。第一個住處在愛河上游，剛搬去時候，有溝無水，好不死寂。一換屋，果不期然，河堤整治美化，引來觀光人潮，以前常去購物用餐的幾條街，現在即使不是週末假日，也很難找到停車位。第二住處愈發邊陲，當初依址尋覓到此，人煙荒遠，水泥廢墟，彷彿連空氣都是毒害的。住進來以後，高鐵工事終日無歇，很是疲勞，不過，夜裡倒是安靜，半屏山的荒蕪反倒留住了山頭滿片夜空，晴夜幾點星光，讓人錯以爲漂近了台東的山邊。

就在我很習慣開車進城的時候，路途上漸漸發現那些熟悉的連鎖超市、藥局、餐廳、診所、房地產，雨後春筍般地，朝我居住的地區蔓生過來。高鐵造鎮，那個完全不知道有什麼理由必須蓋得如此龐大的左營站，像平地冒起的一隻巨獸，然後便逐漸引來了寄生的蟲蠅，使這整區開始商業興盛，軌道上，擺設嶄新傲氣的橘白色列車，蓄勢待發，就連夜間也打一整夜的光，使它宛如櫥窗裡的高級玩具模型。

襯托著這一片新興景象的，是那原本被認爲已經廢死去的半屏山。這座山，在過去，一邊是石油，一邊是水泥，兩項偉大基礎產業，將它剝削得徹底，直到十年前禁採水泥，才略得休養生息，開始進行復育。近年綠化植被漸見成果，從我住處望去的這一面，雖然還蹲伏著那些怪異如同外星基地的水泥廠舍，但過去炸山開礦所留下的醜陋傷口，那些傷害的遺跡，我們所做過荒繆愚蠢自私之舉動的證明，慢慢地，慢慢地，被柔軟而綿密的草地所覆蓋，小小的山頭，低低的樹草，也許，再過幾年，可以有一片森林吧。

從來沒有想過，我會在這樣的光景之中，這樣的近距離，日復一日看著半屏山的復育。很多很多年前，我想必也是一個搭著火車經過，被這片醜陋怪異的山勢，驚嚇得說不出話來的孩子。人生是不可算計的，我沒想過到高雄來，現在卻在這裡，以爲天長地久的依靠，原來隨時可以被取走。許多心事無從打發的日子，我趴在後陽台，一個人看著眼前這座被摧殘至極、滿目瘡痍的山，感到往事掠過，這座小山，像一個陌生人的慈悲，對我顯現著復育的可能。這半年來，或因高鐵通車在即，高雄市長選舉將至，水泥廠廢墟的拆除，似乎加快了進度，幾部怪手像螞蟻逐步啃蝕糖果屋似地，一角一牆，將水泥廠舍搗毀，載走那些傷害的證據。

再不多久，我將離開這片半屏山，這段孤獨而安靜的復育過程也將成爲我自己的回憶。現在的半屏山已經沒有工業，取而代之的是登山步道的鋪設，哪天，再從這個地方經過，健忘的人可以渾然不覺，宛如傷害從來沒有發生過，休假人潮將沿著登山步道將它走遍，兜售新鮮菱角的小販亦會將它四處包圍。

初秋

這個初秋，清晨剛透了那麼點涼露的時候，我坐在泰順街的公園裡看報紙，旁邊有三兩老者在談論病況與探親話題。

眼前還留著那幾棟日式老屋舍，往上仰望，幾株黑板樹，在這寸土寸金的社區裡，爭相長得高聳，周邊則有土壇養著蕨類。這些景色，來來去去好多年，看似熟悉，漸漸又起了些陌生，我懷疑，其實我並沒有眞正碰觸過眼前這些情景，我根本不曾眞正知道那裡面會有些什麼。

這條街，十幾年來的早晨，一直有個婆婆擺攤賣涼麵，我若經過，總會心悅誠服當她的顧客。她的味噌湯眞好喝，鮮嫩的白豆腐與蔥花，是細緻的老人才可能煮出來，台灣味道的味噌湯。不過，從去年秋天以來，幾次路過，都沒見她營生，心頭漸漸有了不好的預感。這個早上，遠遠瞄見攤子竟有動靜，便懷著忐忑，走向前去。

擺設沒變，食物沒變，但換了個不認識的中年女性。麵和湯端上來，看似同一家口味，但又有點不一樣。特別是湯，內容物都相同，但喝了一口，舌尖非常確定：不。心底湧上莫名其妙的委屈：這不是婆婆煮的。

那天早上，我如此喝了一碗味道不很對勁的味噌湯。有些事物又重新開始了，沒有消失，但畢竟有些不同。往回走，早市依舊有腥氣，賣饅頭打鑰匙的爺爺們都老了，不見了。這不是我的城市，但我卻已經記得它的味道。有些故事在記憶底層騷動，像體內哪些細胞忽然改變節奏，讓人陷入恍惚不安。坐在公園浮沉許久，才逐漸分辨出來是初秋的緣故，我應該是想起了到台北來的第一個秋天。

是的，第一個早來的秋天。當我察覺到空氣裡一種奇異的涼意之際，我已經踏上旅程了，南方秋天不會來得這樣早。然而，那些年，我很少想到所謂離鄉背井，台灣這樣小，搭車幾小時便可以回去的地方，爲什麼要想家呢。來來回回走過這些街巷，仰望這些陌生而驕傲的他人住宅，有再多的情緒，也不以爲自己想家，不過是隨著現實漂流，九月初秋，下樓打開公寓大門，一條街又一條街地走過去。

當時我沒想什麼，這個城市的街景，只像掃圖掃進了我的資料庫，我很少檢視自己對這些街景的感覺，也很少想過那些年那些人那些事，倘若不是發生於這座城市，會有什麼不同？有時候，我的理解力顯得很遲緩，抽象的情感與具體的時空，得經過很久的磨合，才可能對焦出來，使我看見，那些秋天裡的我，其實是毫無準備的，一篇太早寫的小說，千眞萬確是一個扣錯的釦子，一件歪斜的衣服，那些秋天裡的我，竟然沒有想過可以想家來抵抗失意，可以選擇一個徹底迷戀或厭惡台北的姿勢；我忘記這些簡單的辦法了，但若我不忘記，事情會簡單一點嗎？

我不知道。我總不能簡單相信腳下有土可以拯救一個人的靈魂歷劫而後歸來；故鄉的確可以歸去，但冒險是無從簡化的。反倒在這個初秋，猛然一陣早來的涼意，吹開了往事的輪廓：初秋，冒險出發的季節，而我在這裡，來不及爲激情也沒有爲理想而死，戲已經演完了。

時光的縫隙

前幾天，走南橫去了台東，再經南迴，回到台南。台南和台東這兩個城市，地圖上看起來左右距離很近，但要兩地走一遭，怎麼樣都得翻山越嶺，沒有別的辦法。

這回去，純粹出於偶然，不過是想從工作中逃逸，喘一口氣，便毫無計畫地出門了。把車子加滿油，爬上二千七百公尺的山巔，山下的時鐘很快被歸零，在這裡，大自然有它自己的規律，經年累月一片茫霧，滿天滿路，十幾年前如此，今天也依舊如此，看不清楚的風景，依舊還是看不清楚。

從那片霧中努力鑽爬出來的時候，坡勢漸緩，零星出現人煙，天空是清了，但光線斜長而溫柔，看不見太陽，這時間，下午還沒四點呢，太陽已經滑過山的那一頭了。

驅車跑過台東海岸縱谷平原之際，天色並非很快就黑，而是慢慢地，慢慢地暗下來，靜下來。一個很長很長的黃昏，踱著步，慢慢走，以傾斜的姿態，慢慢覆蓋了眼前所有山巒樹影，接著，城市的燈才稀稀疏疏亮起來。這個慢，很不同我向來對黃昏的印象，在山的那一邊，日落總是遲到而短促的，即便這個季節，天黑已經因爲秋天到來而提早，但也多半接近六點時分了。

隔天一早，天光從窗戶透進來時，拿起床邊的錶，剛過五點鐘呢。六點，借輛腳踏車，在附近聚落遊蕩，兩個小時經過，依舊清涼，又是一個很長很長的早晨。

如此早晚彷佛變得十分悠長，日正當中的熾亮只是一會兒的事。我在這樣的光線變化中感覺到宛若出國才可能出現的時差，有些時光彷佛被留在山的那一邊，而來到此地開始的這一天又靜悄悄先走了幾步。這當然是太陽東昇西落所致，就像綠島海面浮起第一抹曙光，對比西岸落入海平面的夕陽，我穿過山脈，彷佛落入了時光的縫隙，現下此刻，可能是成年之後好幾趟台東旅行中的一次，也可能是十幾年前潦草而孤獨的第一趟旅行。

惟不同的是，十幾年前的那個旅行的我，對島嶼東岸、台東小鎮長得什麼模樣是完全不清楚的，月黑風高的晚上，獨自走在往海邊的路上，屋舍安靜得好寂寞，小鎮旅館裡的碎花棉被還疊著三角形放在床角，我懷抱著恐懼與期待，可能走過了我未來的朋友的家門，也可能她正在那裡頭讀著書，幻想翻山越嶺，某些更遙遠的地方。

時光的縫隙，在現在的旅行，不斷看見了過去旅程的浮光掠影，回憶把過去帶到現在，重走一遍，忽然發現那個確確實實走過卻沒被看見過的自己。我從來不是個好記性的人，很多兒時或少年記憶，我是大把大把地丟掉了。然而，在那些被丟失的，被各種理由遮蔽的過去裡，或許恰恰預藏了許多未來的線索。命運，應該是與過去有關，而非將來。

回程跑一趟南迴公路的山海陡絕，百轉千迴，當隱沒多時的太陽又掛上天際，東岸山海也就夢一般消逝了。在楓港、枋山附近小歇，看一輪火紅燦爛的碩大落日，燃燒似地跌進海裡去，片刻，天就完全黑滅了。好遲好急的黃昏。這是西岸。我從時光的縫隙逃逸出去，然後，回來。那些沙漏般流去的時光，換個方向倒置，又漏了回來。

舊書

南方秋天來得遲，遲來的秋天讀了留在故鄉的舊書，幾隻孤獨的蠹蟲，字字句句，似曾相識，卻又彷彿過去從來沒有讀懂過。

每天晚上九點半，穿過馬路，走進醫院停車場，繁煙散盡，一片空盪，夢與夢的交界，殘酷現實與內在情感的轉換地帶。身後白色醫院，如同沒柴添的爐火，乏力地靜黯了，怎樣的惡氣苦痛，也只能忍耐等候黎明的到來。

停車場對面是大學，有著大榕樹的園子，高中時候經常在那兒騎單車打轉，不是爲了喜歡，是知道自己不久之後必然將離開這個地方。留下來幾張照片，坐在草地上的少女，骨架、神情都是侷促的，乾巴巴地生長著。

「我的心分外的寂寞」，過去不可能留神的字句，如今卻一下子捕捉了我。一直以爲熟悉重要的魯迅啓蒙，吶喊的、活著的粗暴力氣，如今翻著書頁，竟是很快很快地過去了，反倒是那些夾在文字縫隙裡的懷疑，故作無事的幾句謂嘆，使人驚心動魄。彷徨，野草，忽然充滿了季節的溫度，顏色，花葉樹影，以及那不斷吹來的，吹來的風。

大學校門已經關上，我沒有辦法在這深夜裡到那園子裡去看看我的過去。曾經以爲我再不會回到這個地方，以爲我會在他處長大成人，誰知眞正使我長大成人的是，我又回到了這裡。物是人非，歸鄉，竟是爲了別鄉而來。那些幻滅，絕望的反抗，萌芽太早如陰影般亦步亦趨的悲哀，我們走過的，即將走上的道路，竟然全已在過去的書裡寫下了。

可幸或可嘆，年少時光，我沒讀見這些，但也因此今日重逢，掩卷大哭。文學竟是死者留給生者最溫柔的手心，捻花示意。隻身穿越停車場，各樣的青春在眼前一一馳去了，眼前摯愛的人，受著折磨，生離死別，爭不到什麼道理，之於萬物芻狗，這或又是一件小事，一個被寫好結局的故事，一級一級走向那沒有光的所在。

歧路窮途，必須要走下去的是我也不是我，雖生之日，猶死之時，有些武器根本是派不上用場的，有些小事，若非眞正臨到自我肉身，怎樣也不會領受的。故鄉夜街，空寂無人的紅綠燈口等待，是的，我長大成人了，我的心堅韌而不倒下了，那又怎樣，過去朋友想必不會認我了。那是魯迅小說裡魏連殳的來信：「忘記我罷，我已經『好』了。」

秋風高，暗夜危，故鄉的舊書，留著年少的讀痕，那些榕樹下的盛夏日月，幻想與破壞，我通通都記得，或將很快地忘掉。可當我迴身，那雙埋在字句深底，與夜鬼對話的眼睛，無論如何，我不會認不出來，淡淡的血痕，謄在白紙上。

擁抱

遵守規定的探視時間，趕到加護病房，迎面看見父親坐在病房外的長椅上，我非常驚喜：爸，你可以坐起來了啊。當下心情如此激動，想給父親一個擁抱，以表達那樣洶湧的快樂與值得，可父親身上依舊插著管子，危危顫顫，我只能做個姿勢，圈擁他受折磨的身軀，身與身的距離，宛若大雨一場，滿滿的，擁抱的慾望。

這是一個夢。

夢醒之後，重複夢境步驟，做一模一樣的行事，惟不同的是，所渴望的那個景像，往往不會發生，或以相反的樣態呈現。加護病房外當然不會有長椅，父親當然不可能坐在那裡。他昏困著，掙扎著，在無邊的魔暗裡。

這個擁抱的夢象，後來反覆浮現腦海，幾近一個固執的願望。我經常揣想，那將是什麼樣的眼神，要說什麼樣的言語，在那個如果得以來臨的擁抱裡。關於一個擁抱，在我們這樣的文化與家庭裡，從來不是熟悉的元素，事實上，除了年少光陰曾在機車後座貼著父親後背睡著之外，父親的身體是注定要與女兒愈來愈遠的。擁抱，涉及激情的表示，而激情總是不日常的。即便已經看見疾病陰影籠罩過來，這一兩年，我依舊只是隔著一個距離，把自己當成一台記憶機器，注視父親行路身影，聆聽父親腳步咳嗽，默默用盡力氣想要記住更多他在這時刻、那時刻的樣子。

是的，我想全部都記得。不要減除，不要淡忘。

然而那個距離一直還是存在著。彷彿怕被命運識破，一旦我們急著收攏那個距離，陰影是否將更猖狂靠近。直至終於與死亡對面拔河，一個擁抱，成爲如此困難而激情的願望，過去覺得類似情人而要淡化壓抑的情感，今日痛覺其密度更在情人之上，不容言說的，就說出口吧，從不表達的，就作一個表達吧。

暮秋初冬，醫院周邊樹木枝葉盈盈有光，我在玻璃窗前發呆，眼前總見父親坐睡於樹葉枝叢之間，陽光空氣風和水，人生感覺非常適意。那是幻象。父親笑容年輕而神采，可記憶裡父親從來沒有過那種模樣，他的人生從頭到尾是壓抑而妥協的。愈是悲傷無助的時刻，心中愈是浮現關於父親快樂的想像，迎面吹來的風，新鮮水果的滋味，一步一步踩過樹影婉約的行道磚，我呼喚著，再給他一些快樂吧。那是幻象。最好的時光，至悲的眞情。父親握緊了筆，歪歪斜斜地寫字：好苦啊。

這是我的史前生活，徹底的終結。歷經一次次剝奪，終於領略而小心翼翼保留著的，那麼一絲涓涓細縷的聯繫，拉響了警報，即將被無情切斷。雖然過去是那樣有限而原始的生活，但總有些溫美記憶，使我想無比虔誠地刻畫於岩洞的石壁。即便岩洞外的文明那般輝煌地對我招著手，然而不免有那麼一點，人醒了無路可走的痛苦。我會繼續活著，繼續進化，歷史會繼續鋪陳下去，但其中的性質必然已經不同了。

魔法

孩子們的紅色喜帖，都是父親寫的，瘦草筆跡，在哪裡都認得出來，父親的字，然而，孩子唯一一次握筆爲父親寫字發帖，卻只能是，白色的訃聞了。

寫字，書寫，一雙長於家外的翅膀，一種不同甚或逃逸於家族的語言。沒有寫過任何家書，遑論動情文字。即便後來成爲一個以文字爲業的人，對文字再如何技藝精湛，能破能立，驚心動魄，就是沒給父親寫過家書，就連偶然留下的紙條，也只是記著：爸，我去哪裡了，幾點回來。

節制著，節制著，書寫的情感，文字的魔法。我所在乎的秘密力量，構成身心的奇異性質，一直以來，兀自於現實軌外低語，被認爲一無所用的書寫啊，有朝一日派上用場，竟是告別父親的祭文。

那是怎樣的景觀，語言至此是否還有意義？倘若我是一個沒有言語感覺，沒有能力描述內心景象的人，那麼，是否能夠比較不痛一些？回首父親學生時代留影，那是一個多優異的起點，眼神清美而志向，可命運沒有站在他這一邊，後來人生他艱苦孤獨宛如荒山之羊，但仍繼續保留和善體貼的習性，若眞有什麼東西消失了，應該是那個純美起點的幻滅，自我的封緘。他成了一個少談自己的父親，一個總爲別人設想，以至於讓別人忘了爲他著想的好人。

愈是明白他的生命，愈感同身受於他所經受的委屈，原來，自我失怙之慟還能度過，對父親生命的理解與不捨才最難以釋懷。但我能說什麼，又爲他做了什麼？我們一生，隨著日常語言壓抑沉淪，失掉輕與重，眞與假，美與醜的辨識感，我們妥協終至被糟蹋了生命，讓最純潔也最堅持的意志情感，埋在身心之底，靜靜火化。

當一切被認定無效之時，多而又多的語言在心底湧生，沒有聲象，卻反而情眞意切，這是獨語，這是傾訴，這是文字。它們的確使人更敏感於痛，但痛過之後，卻將生成魔法。我想對父親說，會的，會的，我們所經過的這一生，會有意義，會有意義的。我們內心所積累，總有一天會成魔法。魔法會使消失事物重現，以你所想望的方式。

這個秘密，這些離奇說法，在過去，或許不容易理解，甚至當我們活著，氣息相對的時候，亦不見得能夠對面訴說。然而，如今就讓我們來說密語玄言，讓我們相信，曾經一無所用的文字，將是存現過去的魔法，如攝影機按下快門，停格一種情景：笑容，憂愁，衣裳與搖椅，魔法將賦予事物以意義，召喚一個有時空向度的故事，給予我們彼此記憶的方式。

過去，這魔法若非來不及生成，即是無人知曉其存在，可現在，未來，我們卻只能依靠這魔法了。讓它將我們這一生予以撫慰，讓它如親手植下的樹，繼續萌芽生長，即便我亦老去之時，這些溫柔封緘的夢與記憶，仍然會在這個我們餐風露水活過的世界，生長下去，生長下去，如同你所喜愛仰望，一株山裡的老樹。

玉蘭花

爬上高速公路前，窗外飄著細雨。車道正中的安全島，照例有著包頭包臉的老婦人，對等紅燈的車子，兜售玉蘭花。

我不是個喜歡買花的人，可是，這個下雨的早晨，當老婦人浮現在我眼前，城市濕潤而朦朧，像一個夢，她彷彿一個攜帶訊息的使者，對著我的窗口走來。我搖下窗，雨絲很快潑灑進來，以及，玉蘭花的香氣。

是的，就是這種氣味。還沒接過花朵，我就聞到了它。

我不能說我還喜歡這個氣味。這些年常見的玉蘭花，也不知爲什麼，從花瓣到枝葉，都顯得過份肥碩，放在密閉車廂內，香氣濃郁幾近俗麗。然而，我一邊開車一邊仍然聞見花香掀起的情感：強烈，破碎，模糊，彷彿追上又隨即溜走的瞬間。

不久之後，我把玉蘭花放在佛寺供桌上，與離世的父親分享。上過香，在一個人也沒有的庭院坐了一會兒。雨繼續下，替我擋雨的是一株野生芒果樹，這個季節，樹叢間已果實累累，過去好天氣的時候，也曾看過幾隻自在消遙的老鼠，從牆縫裡鑽出來，嗅弄掉落在地上的土芒果或乾脆咬走。

玉蘭花是適合細雨天的。被雨水沖淡的花香，或許更接近我記憶中的玉蘭：花瓣小而細嫩，就連香氣也是清淡的，最好小心翼翼含著水氣，才能存活得久些，一旦曬了陽光，過了午，通常就整個萎黃了。

那是春天的早晨，父親送給我的玉蘭花。

在老家的樓頂，父親從哪些年哪些季節開始嘗試種花植草，想來竟沒有清楚的印象。似乎，有段時間，他把撿來的玉蘭栽在花盆裡，花開的季節，當我胡亂吃著早餐的時候，父親會從樓頂下來，不多話而微笑地，在我面前，放一朵或兩朵，他剛親手摘下，沾著晨露的玉蘭花。

我把花放進制服的口袋裡，上學去，度過高中生燥熱的一天。

有些氣味，就這樣不知不覺留下了。「人亡物毀，久遠的往事了無陳跡，唯獨氣味和滋味雖說更脆弱卻更有生命力」；普魯斯特的句子，《追憶逝水年華》，人人盡知的瑪德萊娜小點心，一個神奇的瞬間：震顫，喚醒，幸福盈滿。花香含著雨的濕潤，一個來自史前生活的訊息。

在我們愈來愈必須接受生離死別，面對痛苦也愈來愈足以挺住之際，使人瞬間中箭落馬的往往不是成套的悲劇，而是這些怎麼防堵也防堵不了的日常生活縫隙，坑洞，小小的陷阱。

「大街小巷和花園都從我的茶杯中脫穎而出」，普魯斯特何等細膩堅韌地，想要拯救我們免於逝滅的哀傷。我們曾經的幸福，可能原封不動，存放在地窖裡，讓我們潛入時間，與之產生關聯吧——。

然而，「現在動手還來得及嗎？我有力量勝任嗎？」——神奇如普魯斯特，卷末尚且這般切切自問。

萬花筒般的追憶，逝去的年年歲歲。開車離開佛寺，很長一段路我迷失了方向。整座城市裡都是車流，我天旋地轉地哭起來，在回憶的巨廈裡。

忘情診所

這幾年唯一一部使我掉淚的電影，有個好笑的中文譯名：《王牌冤家》，它原來的名稱卻是這樣：Eternal Sunshine of the Spotless Mind。

我在偶然狀態下看了這部片，一個和每一天同樣雜亂而平凡的晚上，拿著電視遙控器亂轉，看到金凱瑞和凱特溫絲蕾兩個戲路截然不同的演員一起搭火車，遂被吸引著繼續看下去。這一看，就動也不動把片子看到了最後，然後，站起來，發現自己整顆腦袋像是被打昏了似地，重得拖不動腳步。公寓周邊一如往常有哪家孩子練小提琴的聲響，陽台的洗衣機在旋轉，垃圾車已經走到隔壁條巷子，我打開廚房水龍頭想倒杯水，發現自己的手在抖。

說起來，不過是一對情侶互相賭氣而後和解的故事。在賭氣過程中，兩人前後找上一家「忘情診所」。所有到這診所來的人，只有一個目的：遺忘。說得精確些，把記憶清除，乾乾淨淨，一片空白。「忘情診所」是怎麼做到的？掃描所有記憶相關物件，重建記憶路徑，然後，找出不要的，一個按鍵，把它們在腦袋裡所占據的位置，徹底清空。

這當然是個狂想曲，消除記憶的主題也不新鮮，但編劇鬼才考夫曼卻有本事讓人邊看邊笑然後發現自己落入了恐懼悲傷，我們簡直如看科幻卡通片般眼睜睜看著自己的記憶，在掃描圖裡具體地閃爍，然後被捕獲，被設定，如磁碟重整般一格一格被吃掉。這種記憶的具象表演，眞令人惆悵，後來，一個臨時反悔了，想要一切都記得的人，在逐步被刪除的記憶縫隙之間奮力奔逃，那些瑣碎混亂的抽象記憶，被轉作成波濤洶湧、瞬息萬變的空間與視覺，其效果著實是文字寫不出來的。

往事重現，但在重現當下也就確認消失。不過，卻也有些片刻，探照燈般照出記憶的蕪雜與頑強，生命細節重新素面相見，好比金凱瑞和溫絲蕾窩在棉被裡的親密對話：「我小時候很醜。」「不，妳很漂亮。」「很漂亮。」朦朧而燦爛的光，照亮整個畫面——回憶的人瞬間覺悟，原來有過一些無瑕，是無可取代的。

然而，刪除鍵已經按下，容不得一點點猶豫，要想偷偷留下什麼，就得躲過系統的監測；走演至此，才發現茲事體大。

金凱瑞在睡中大喊：讓我醒來，我不要刪除，停止，停止刪除！

由此展開一場記憶的搏鬥與逃亡。技術人員驚慌發現：「啊，它跑出路徑了。」

這些因應報刊專欄而重新開始的寫作，一開始，與其銘刻記憶，可能更想走一趟「忘情診所」，逼著自己寫繪記憶的路徑，然後，按下消除鍵。可是，所有的寫作，過程中所發生的事情，未必是開筆動念之初所能掌握料想到的。這一年多，倒帶看過去發生的事情，由中切出一個主題，每寫完一個就消耗掉一節時間，一團往事，心情未必因爲字證確鑿的記得而喜悅，反因即將遺忘而感到空虛：我就這樣處理掉了？就這樣畫了一個路徑圖，然後定調刪除？有些時候，我也訝異於記憶的疏漏，某些以爲必然記得的，其實有些關鍵點就是遺忘了，且它神秘地像整幅畫作的一個細部，想不起原因地缺了色。這種當下，繼續追憶，繼續因爲追憶而痛苦所以想要一清爲空，或者因爲追憶眞正回味到某些碎片的純潔甜美；繼續按圖索驥，用文字與想像的特權拼湊必然因爲什麼原因而殘缺不全的故事，然後大刀闊斧地丟棄；說起來，寫作者的矛盾似乎是一邊既是那個想忘又捨不得忘的金凱瑞，一邊又想當忘情診所精明冷靜的霍華醫生。當金凱瑞和溫絲蕾在情感的眷戀裡攜手逃亡，刪除巨怪息息緊追而來，金凱瑞想盡辦法穿梭記憶路徑，遊走時空縫隙，只希望能夠跑出之前已經被拼圖出來，也被設定完成的記憶路徑；然而，霍華醫生道高一尺魔高一丈，上窮碧落下黃泉地把喬裝、隱匿、躲藏的他給揪了回來：「我們抓到它了！」

我們抓到它了！這句話真使我迷惘。我們倒底應該怎麼對待自己？自己要怎麼作那個醫生？是該站在金凱瑞這邊微笑看他跑出了路徑，抑或應該慶幸霍華醫生把局面控制回來？

我寫了這些，手心裡的一把沙而已，說不清這樣做是更執著地記住還是更乾脆的遺忘？有時候，的確抓到了路徑，有種原來如此的感覺，有時候，卻也奮力在路徑裡逃亡，不甘心原來如此，不過，更多時候，我懷疑，會不會許多路徑在開始回述以前早已刪除完畢，就像那個早被霍華醫生刪除了記憶的舊情人瑪麗，可悲的是她竟然還留在「忘情診所」裡工作，只有她失憶了，其他人都還記得。

逆走

順著人潮走，地底不需要方向，只需要跟著人潮走。電扶梯就等在眼前，我們登踏上去，任之浮升或者下降，讓它送我們到另一個空間，另一區人潮，在那裡，人們心不在焉看廣告，胡思亂想，等候準時到來的列車，張開大嘴，把我們收納進去。

一切都可以是機械行爲，再如何複雜的結構，我們也可以學習、熟悉，成爲訓練有素的狗。沒有車子會撞進來，沒有飛機會掉下來，這是人類給自己造出來既安全又獨裁的世界……。春節氣氛未了，捷運站裡的人潮，比往常更多，擁擠著發出不好聞的氣味，不過倒也感謝這個不尋常的氣味，讓我的思緒流盪到這兒暫時停了下來——。

這是台北，二十一世紀。不是東京，不是九〇年代。

我每搭捷運總萌生流浪時空之感，從早年狀況百出的木柵線，到後來的淡水線、板南線。剛開始，人們不是很信任這些東西，心懷忐忑或抱著好奇試探之心，列車啓動彷彿脫離現實軌道，不知身在何處。這幾年，彼此互相摸索習慣了，捷運系統像一部機器吞吞吐吐熱完機，終於在日常生活裡快速奔馳起來。因應新的交通型態，台北人改變了出入作息、打扮裝著，以及約會的方式，對更年輕的世代來說，捷運這個東西，是他們對眼前世界之所記憶，與生俱來的一部分。

然而，我所謂流浪時空之感，並非意指這些新事新物，引發我新奇妙想，相反的，是這些漸漸模仿成眞的捷運，觸動我一些過去的舊習慣、舊節奏，即便根本無意翻找往事，但只要置身於那些設施，很容易便有密碼被破解，時光通道自動開啓，明明是順著人潮往前走，情緒上卻常有種被推著倒退走的感覺，腳步明明往前，迎面湧現而來的，卻是過去的記憶。

台北新變貌，並非使我預感未來，而是召喚過往。然而，往日重現，未必甜蜜。日前經過信義區，十字路口的過街人潮，很有幾分澀谷或新宿街頭氣味。一如多年前預感，台北和東京的確愈來愈像，大至城市地景、商業型態，小至青少年裝扮流行，眼前台北幾乎如出一轍複製了我記憶中的東京生活，惟行走於其中之人畢竟昔我往矣，漫長年華已過。

不過，歡迎進步趨勢的人或也不少。猶記多年前到大學老師家中作客，當我們從有線電視台同步收看美國CNN之際，老師愉快說起留美時期回憶，覺得重新看到這些主播眞是備感親切。那麼，我爲什麼不這樣想呢？時間是怎麼回事？時代愈是光鮮招搖地往前行，我愈是心事重重掉入過去的陷阱。或許，在時代來臨之前，我糊裡糊塗去了哪裡？回返時又被贈與什麼不可打開的玉匣？島嶼的大鐘，喧譁而強勢地往前移動，但它在我心中顯現的刻度卻是逆時的倒退，我愈在眼前台北生活記起一種舊昔的慣性，便愈感到時間的玩笑。

撥錯的時鐘，搭錯的車，走錯的房間。

杜斯妥耶夫斯基說，人活到四十歲便會變得不可思議。

靜靜的激情

有個日本人，問起我春天賞櫻的事情。因爲台日兩地學制的不同，他十年來不曾於四月返回母國。這個春天，他忽然顯得有點鄉愁了，說起夜櫻下獨酌的情景。

我沒能與他分享一群人在樹下鋪了方格布，漸次吃喝到意亂形散的賞花回憶。關於櫻花，睡在我印象深底的是初到東京所住的第一個小鎮，鐵軌旁植有成排櫻花，幾個春天早晨，車過看窗外漫天飛雪，簡直如同一夜魔法，櫻花滿開了。

比起鬼魅而哀愁的夜櫻，在日幾年我帶走的是如玻璃般幻麗的晴空之櫻。有段時間，我騎單車，經過長長的玉川上水，那是正午烈陽下一個幾乎已經沒有影子的人，走進空寂公園，在早晨過後，在黃昏來臨之前，陪好幾株老靈的櫻木樹，孤芳自賞在草地上花開成雲。那是我所記得最絢爛的櫻花，連鳥兒也歇息的午後，風寂寞地吹過草地。

在科技尚未掀開全球化的簾幕之前，國界確如城牆將空間大大加以區隔，許多人難免都覺悟到了留學生涯絕非一件浪漫之事，且在那生涯裡終而經歷了人生中一種不可逆的身心變化。之於我，與其說那些變化何等改變造就了下一階段的我，毋寧只是像一場夢，靜靜地在我身心棲息下來；這些夢，之於現實生活是不起作用的，但卻經常在某些現實光影剎那，使我驀然領悟，喔，這一切，原來在夢裡發生過了。

那段時光，做了哪些事，讀了哪些書呢，想來值得說的竟也沒有什麼，我彷彿是睡著了，在一個靜謐的洞穴裡，外頭晴空萬里，世界美得像一個夢，可是我睡著了，沒有生病，不知憂鬱與病爲何物，內心糾纏激擾暫時擱置，所謂孤獨並不苦澀，頂多只是個被嚼盡了的，無味的果核。

若說我曾對世俗生活抱持很大的懷疑與敵意，那麼，在那段時間裡，隔著一個夢的距離，我達成了與日常生活的和解。在考量周到的日本家電王國裡，人人方便自給自足，建立屬於自己的小小城堡，在其中，一個人，簡直可以宛如遠秦那批芳香齋戒的童男童女，兀自爲心中的神祇獻祭而舞。

那或是我人生的眞空地帶，最安全，最甜美，最疏離。我想要的生活，可以僅僅只是夢遊行過無人公園，在河邊尋找一株已經認得的樹木，一隻看熟了的野鴨，在轉角聞見洗衣店與麵包店飄來鬆甜的氣味，對一片樹葉說話，與一隻鳥兒交換心事。

世界美得沒有一點瑕疵，每個人的微笑都恰到好處。

然而，就如同許多日本工藝品所隱藏的秘密，情感在寂靜壓抑中更醞釀著它的激烈。往往只是一個瞬間，原來世界摧枯拉朽，守禮自制的人失足從情緒懸崖跌落，淚水汩汩流了滿臉。

櫻花滿開，櫻花凋謝，什麼事也沒有發生。只不過，一個春櫻滿街的早晨，走進課堂，我聽見平日冷漠的老師，不勝唏噓講起了顧城在紐西蘭，一個愛與暴力的悲劇。

我睡著了，然夢境裡的情感卻遠比現實發生過的還要激烈。

成田機場

機身平滑停住，機內騷動起來，一切將在陸地重新開始。一九九三年春天，成田機場，明亮而理性的空間，一條新的國界，等在前方。

周遭天色已暗，千葉荒郊唯有空港二字閃亮耀眼。這趟飛行，有些感覺蓋過了旅遊的幻想期待，行李檯送出來已經不只是一個星期或一個月的行李，一旦走出這座機場，我得先想辦法找到一個安身之處。

出境廳有客車司機用家鄉話招攬錯過班車的旅客。車內座椅佈滿生活漬痕，幾個彎拐，便帶我們離開機場最後的燈光，沒入公路寂密黑暗。約莫一小時車程，車子漸漸進入都心，滿眼繁華。巷弄一陣穿梭，司機忽然停車，轉頭道：你們還沒吃晚飯吧？來來來，下車一塊去吃，這家拉麵保證好吃。

或見我們一臉狐疑，對方又說：你們要找的旅館就在這附近了。不過，這時間，等你們打點好，大概連半點吃的東西都找不到了。哎，聽我的，出門在外，不要頭一餐就餓肚子。

那是我在東京的第一餐。身貼著身排座，點菜喊聲與吃麵呼嚕，聲音與形象都拆解成慢動作留在印象裡，巨大的陌生。那是一個與其稱哈日風尚未形成，毋寧是表面上還殘留著厭日情緒的時代，對日研究與教育交流斷層由來已久，日常生活關於日本印象大抵限於精緻文具上頭標示的 **Made in Japan**，即便出身於常被認爲保留殖民餘緒的南方府城，戰後新世代我仍是生魚片一口不吃，除了入學通知，其他生活人際關係一概沒有，就連日語也還說得零零落落，以完全不同於前世代基於歷史經驗與生活方便的情況，到日本去。

離開麵館後，在離新宿笙歌不遠的初台暫時落腳。一棟尋常公寓，每層三個房間，一套衛浴，一個小廚台，客廳擺著一具投幣電話。照管的青年叫做阿泰，剛由親戚送來東京念語言學校，同時跟著公寓黃老闆跑機場批貨送客領點零用錢。公寓停留的多半是因公因商的台灣客，跑單幫者尤多，隨著台灣觀光風日盛，漸漸也有些旅客因介紹來到這裡。

我在這裡待了半把個月，才找到固定住處。那段期間，阿泰和黃老闆對我這落單留學生，頗多照顧，經常特別留下禮盒水果給我。離開公寓前並好心張羅二手家具，請我到他混雜著台灣小商氣味和日本風擺設的家裡去用飯。

這之後當然還有過一些在日台灣人予我零星的溫暖與幫助，回想起來，那些光景留下了一種樸素而寂寞的印象；有種自知站在歷史陰影處的低調，未必光彩，但以同理心打動人。可那畢竟也是那時潮的尾端了，鑼聲若響，鬧熱出帆，還有更大的騷動要來。

日後由傳媒打造帶動這一波哈日風潮，無論與戰前抑或戰後曾經瀰漫於台灣的日本氣味，說來實在不甚相同。同樣是日本，過去愛恨交織著的，與現今發暈追蹤著的，彷彿是兩個不同的國度。

我在那個晚上之後，開始了頻繁往返成田機場的幾年歲月，熟門熟路知道怎樣換搭最經濟的車班，買最便宜的機票。機場裡愈發可見興致勃勃的旅遊團，送往迎來，小客車改爲大巴士取代。偶然一回，巧遇黃老闆，還是送客來機場，鄰家長輩般問候我生活，好殷勤轉回車上，拿來四顆甜美水蜜桃，塞到我的懷裡。

羽田機場

對絕大多數旅客來說，東京的第一降落點當然是千葉成田機場。可較爲熟門熟路的，特別是台灣旅客，通常知道東京有過另一個選擇，羽田機場。

如同我們的松山機場，羽田也有過一段作爲首都國際機場的尊貴歲月。一九五四年瑪莉蓮夢露，六六年披頭四，在此甜蜜揮手，使人瘋狂。七二年中日建交，田中角榮首相在此風光歸國，朝野大員全部出動，是戰後數一數二的大陣仗。不過，也是這個建交，導致七八年成田國際機場啓用之際，各國航空公司搬遷，惟獨中華航空被留在羽田。

我自己沒在這個機場降落過，送往迎來倒有幾次。彼時總覺得這個空間、設備皆不甚明朗，不用繳機場稅的機場，泛著那麼一絲倦怠，與外頭犀利時代頗有距離。同機場大半施設其實都已移作國內線用，隨時代愈發繁忙，後來甚至擴建新大樓，造成整個機場重心挪移。

一九九三年九月，我送朋友到羽田搭機，結束後走出國際線，意外發現外頭交通混亂，一問之下才知道當天正是新航廈完工，國內線將全部挪移過去，原有羽田三十八年即將功成身退。八點十五分最後一班飛機起飛，十點二十分最後一班飛機抵達，空服人員行列致意，鮮花簇湧而上，一場華麗的結束。那一晚的夜間新聞，果不其然全是九十架飛機漏夜大搬遷的消息。翌日凌晨，新羽田機場飛出往札幌的第一架班機，愛傳言的東京街頭，午後很快就有了對新機場的暱稱。

這一堆熱熱鬧鬧的文宣新聞裡，完全沒有提起舊羽田還留下些什麼。我很清楚，是的，就是那個我昨夜剛剛走過，七點三十分送走最後一班飛往台北的飛機之後，就清冷地等著夜的來臨的中華航空。被遺忘的機場，外頭的混亂興奮似乎全然與它無關，它將以自己的方式繼續存在，也繼續灰敗下去。

那個時代，我們老是聽說各式各樣的政治打壓，灰頭土臉陷入一種困窘處境，可相對我們也總是編造各式各樣阿Q的理由，自我悲壯。台灣獨占羽田國際線的情況，後來又持續了幾年，新的長榮航空也在此地起降。只看現實面，這個機場因離東京市區近，有其固定客層，票價反而是高姿態的。生長台灣，我們心知肚明悲壯神話內底的無奈，我們被訓練成對政治有各種矛盾而方便的取用態度。許多台灣旅客正是喜愛隔壁國內線大樓所提供琳瑯滿目的伴手禮，而堅持要來羽田候機呢。

隨著兩岸關係略呈解凍之象，台灣飛機是否一定得留在羽田已經不是那麼值得計較，問題是成田機場已接近飽和。好不容易等到〇二年，台灣航空公司終於躋身聯合國般地重返成田。這象徵什麼呢，一個政治遊戲的無聊結局？我走過非常長非常長的走道，在成田機場的最邊陲，找到櫃檯，把行李放上轉盤，check in。

烏鴉

一般城市常見的是鴿子，東京也有鴿子，公園、寺廟，到處鴿子成群，人一靠近揮揮手，如風四散，再飛回來。不過，東京鳥類風景，眞正令人印象深刻的在於烏鴉，高飛，盤旋，滑翔，毫不客氣從人頭頂低空掠過，要不氣定神閑佇立於樹幹或電線桿，如本城居民般毫無懼色在巷道中，馬路上，走來走去，嘎嘎鳴叫。

這些烏鴉總是完全的黑，黑得漆亮，即便邋遢點的烏鴉頂多也只是顯出一點渣亂，禿幾根毛。烏鴉原非成群結黨的習性，但在東京，因爲烏鴉實在太多，讓人感覺勢力龐大，滿空烏鴉鴉地占據這個光鮮科技之城。

多數台灣人初到東京，看滿天烏鴉，陰氣深重，心頭總要有幾分不愉快。有些怕鳥類的朋友，更是嚇得抱頭四竄。至於東京人是否喜歡烏鴉，關鍵不在於吉不吉利，而在凶不凶猛。基本上，東京人不會把烏鴉當寵物，他們可能賞點東西餵鴿子或其他鳥類，但烏鴉是不餵的。看看假日的代代木公園吧（這裡據說是東京所有烏鴉的老巢），遊人穿梭，但也從不缺烏鴉殷勤翻找公園裡的垃圾，牠們只管吃不管收拾，每每搞得垃圾桶附近一片狼籍，若還不飽足便直接掠奪遊客手中野餐，嚇得孩子們嚎啕大哭。

就算一般的街巷日常生活牠們也絕不缺席，民家窗外，市集商店，甚至光鮮的青山、澀谷、表參道，都有可能遇見牠們，四處呀呀聒噪。這些和人類一樣，想盡辦法在東京這錯綜複雜的大環境裡求生的烏鴉，經年累月下來，似乎演化得比其他地方的烏鴉還要來得更聰明一些，牠們好像非常熟悉東京人吃什麼，喝什麼，什麼時候是用餐時間了，甚至於一年四季什麼時候有祭儀行事烏鴉們心裡都有個底，牠們不會錯過最有收穫的時段，能認男女老幼，專挑軟弱的下手，也能辨認食物容器，善於咬開紙袋裡的漢堡薯條，碰到硬殼物，牠們精明叼高朝地一摔，再破不了，就放馬路上等車子來輾。有研究報告甚至指出，泡沫經濟時期所丟出來那一堆營養豐富的垃圾，對東京烏鴉的進化貢獻良多。

不過，東京人要還手也是可以的，這城市裡自有一套對烏鴉知此知彼的知識，知道牠們什麼時候會繁殖幼鳥，脾氣凶猛，少招惹爲妙，也知道如何阻斷牠們的食物來源，甚或趕盡殺絕直接把樹上的烏鴉巢給摘了。日常人家對烏鴉的防範處置，大抵用些尖銳竹竿或網子來加以嚇阻或矇騙。人鳥如此交手幾代下來，東京烏鴉亦是懂得怨恨的，就算不是出於飢餓，牠們也可能把路邊垃圾堆弄亂，把路上行人的帽子叼走，或把老人手裡正讀著的報紙啄破，四處追鬧小孩，總之是報復與惡作劇。

我原本對烏鴉也是沒有什麼感情的，牠們凶猛的臉，不客氣的神態，實在很難叫人喜歡，不過，後來竟也漸漸覺得懷念起來，就像海邊城鎮令人難忘的是那些終日不歇的浪潮拍岸聲，東京生活光景不能缺少的或許就是烏鴉枯木般的啼叫，啊——啊——。每看日本電影或戲劇，我總十分敏感於其中是否同時收錄到了烏鴉的背景聲音，特別是微陰的林木，幾聲冷漠啼過天際，這些遠比那些精心設計的劇情與對白，更讓人無可抗拒地記起東京生活的細節與氣味。

書留

夏日午後總是昏昏沉沉的，晨間如何的清醒到這時間也差不多用盡了。房間陽台望出去，對街那扇彷彿是廚房的窗，此刻已經收拾妥當，晾著乾淨的白抹布，以及那隻在屋簷陰影處老僧入定的花貓。

唯一不歇靜的是收音機裡的廣播，不管哪一類節目，午後選放旋律聽起來好像總是一成不變，明明已經換過了樂團，換過了歌手，卻還是同樣恍惚，陽光耀眼的夢中，烘著一層溫躁的喧鬧。機械花樣的編曲，細細碎碎的叫喊，傳遞著不遠處東京之都的活動，要不忽然一種樸直的訴情，好像從哪個山間農村或遙遠海島傳來，孤獨的細膩敏感。廣告玲瓏俏皮，流暢表現著清潔與時尚感，主持人聒啦聒啦說話，彷彿那些日文字音在舌尖上打轉跳舞。無論對白或歌詞，當時聽懂的其實有限，且通常心不在焉，只是片段從音調、旋律裡揣測這個文化的情感，哀傷與歡樂。

那是東京中央線上一個偏東，說不出明顯特色的尋常小站。不需要搭車入城的日子，正午烈陽，窗外沒有任何腳步聲，個把鐘點過後，陽光赤焰收手，斜斜地轉過背影，餘溫，一片憂傷金黃的人家光景。那時，關掉收音機，把單車推出去，寄居的單身公寓死寂沒有其他人在家，經過集體住宅會看見有人出來將陽台上的曬被打得再蓬鬆一些，而那些獨棟獨戶的的美麗門窗裡，傳出細碎聲響，約莫是女人喝茶吃點心，孩子嬉弄玩具，老人家剛從長長的午睡中醒來。

曲曲折折在市町裡打轉，寶藍色的天空，米白色的屋牆，院子裡結了果實的樹木，車站前商店街，湧現各式各樣米糧、藥品、花草、點心、服飾，染著斜陽的輝煌。我老是錯過郵差來的時間，信箱裡老擱著書留通知單，待領的掛號信。單車越過鐵軌，一會兒上坡，一會兒下坡，逐漸遠離市集，剩下一些零星的飲食店、工務所、投幣洗衣間、標榜小麥色肌膚的日燒沙龍。郵局有點遠，每次出門因此有了點探險趣味，每每更換不同的路線，愈走愈遠，柳暗花明從一個市集到另一市集，那裡的郵局有我的書留，kakitome，掛號信，迢迢行過他人之城，領過來一點自己的時空。

那年頭來來往往似乎總在寫信，收信，還沒疏遠的朋友，還眷戀著的情人，生活裡零零碎碎的感觸，偶而也長篇大論。若有掛號通常是幾本書，一些出乎意外的小東西。這些傳送，在後來的生命史，消失得很快，偶而還有需要煞有介事掛號確認的幾乎只剩下塑膠貨幣和郵購商品。要像那一年，消磨漫長的午後光陰，周折悠遊地去領一封掛號信，後來是不曾有過的事了。

從郵局回程，往往已是狼狗暮色，烏鴉飛出林子啊啊啼叫，收了什麼樣的掛號信，就招來什麼樣的心情。沿路遇見的電車來回奔馳班班擠滿了人，市町有了點熱鬧又接近晚歇的氣息。歸家人經過超市帶盒魚壽司、筑前煮、可樂餅，路過水果店，秋天買盒硬柿子，冬天買盒草莓。有些店家片刻後就要打烊，有些燈籠片刻後就要點亮。來時路的家家戶戶，此刻傳出米飯與醬油的香氣，東方特有的氣味。

迷惑

小川太太乾乾淨淨站在廚房裡，她的髮絲，襯衫上的繡花，沒有半點紊亂，就連穿上身的圍裙也是清爽雅致的。她正在準備我們的晚餐，六、七個留學生，擠在書房聽小川先生說東道西，結束後，我們會很快將飯廳擠滿，大肆享用小川太太一道一道伺候上來的美麗菜餚。

小川太太就跟我們從文學作品或從戲劇電影裡看到的日本主婦一模一樣。溫婉，細心，隔著一個距離，遠遠的微笑。一回飯上，我胃痛又犯，食不下嚥，她很快便注意到，毫不驚動地給我送來胃藥與溫開水，並且安慰說，小川先生也是個胃痛專家呢。那個晚上在廚房等待胃痛過去的時間，她教我好些緩和胃痛的方法，將晚告別之際，還特別用餘菜給我做了個餐盒帶回家。

那是我所記得關於小川太太唯一清晰的應對。雖然那段時間，我幾乎是每月一次上小川家去報到的，可是，關於在那個美好屋內所走動過的人們，所說過的言語，卻沒有留下什麼明顯印象，除了那個廚房的光線，以及小川太太站在其中的身影。

我到達的時間通常是週末午後過了兩點鐘，好天氣的話，那時的街巷間正浮動著旋轉木馬般、假期生活的小小幸福。在轉入小川家巷子前，我總習慣望幾眼那始終寫在水泥牆上的醬油廣告：醍醐味。這些面貌熟悉意義卻陌生的漢字，往往總給我一種奇異的感覺。

小川家大門亦如日劇作樣，色彩柔嫩而裝飾精巧。按門鈴的時候，門裡門外我們都很清楚，接下來的對話必然是一句：「對不起，來打擾了。」翻成日語，那其中會存有兩個漢字：「邪魔」。多麼詭異的文字組合，望形生義：不好意思，邪魔的我們，來了。

在屋內，儘管總是被細緻對待著，但始終有一個生分的距離是不會恣意跨過的。喝午茶的短暫空檔，我偷看小川太太條理井然處理著晚餐的食材，想起別人說她以前曾是個網球選手，四下明淨而疏離，多年後來仍如夢中場景，使人迷惑。是的，「迷惑」，像我們那樣每月造訪，想必給小川太太添了不少麻煩，而添麻煩恰恰就是迷惑二字在日語裡的意思。儘管小川太太總是那樣溫柔微笑，包容她的丈夫，也包容我們這些食客，但無論是當時或今日，我始終很迷惑，她心裡是否曾有一時一刻，對我們給她造成的「迷惑」，感到憤怒而厭煩過？

對比同去的留學生，我想得太多，以日文言，是爲「遠慮」，過遠的憂慮，過於曲折的客氣，然這個詞使我更敏感的是，多數時候它有一種拒絕、婉謝的意思。在這個理解上，我固然更近似於一個日本人，但也就因此與他們更保持了距離。深夜從小川家離開的時候，這個東京城郊小鎮，人們的幸福泛著沐浴芳香緩緩入睡了，唯有行過來時路的我，被蟄伏多時的孤獨夜獸，一口吞噬。

那應該是一段溫情時光，可我卻在哪道菜嚐到了點羞恥不安的味覺。小川先生的書房，幫我打包了哪些知識，我很快就淡忘了，然而，小川太太以及她的廚房，始終像一個謎，懸浮在記憶裡。

想我少數的朋友們

有幾年，日本電視台有類節目，約莫找五十人來做行業調查，主持人、來賓對之詢問各式各樣不見得禮貌的問題（這類節目後來在台灣當然也已出現模仿），做過的主題有專業達人、離婚客、不倫族、109辣妹、男女公關種種，總之是些有趣味性或不透光性的業種或族群，以致於節目才會預設觀眾對之有刻板印象或窺探慾望。

有一回，做了東大生五十人調查。話題除繞著讀書經驗打轉，來賓對這些之於日本社會屬於教育體制最高門檻的東京大學學生所提的問題，光怪的陸離，啼笑皆非，好比生活怪癖試舉一二，對異性有何性幻想，對天皇制看法如何等。那些所謂募集抑或被動員（甚至奉命扮演）的人的回答，有時確實呆板的使人苦笑搖頭，也有些人自視甚高，總想說出些不屑流俗的冷峻答案，總之整個看起來這些東大生好像眞有那麼點異乎常人，以至於弄到好似奇珍異獸而被匯集來討論的地步。

不過，其中有些人的說法與模樣，在我聽來看來，倒也不算太陌生。那時候，我在東京住著，唸的正是那受議論的東京大學，身邊也多的是那些受議論的學生師長們，可以說，我的日本經驗與他們密切相關，他們幾乎稱得上是我的日本印象主體。那一天，我邊煮晚餐邊看那個東大五十人訪問節目，覺得有些說法其實還可以而來賓卻笑得人仰馬翻、瞠目結舌之際，我應該是被迫從另一個位置看到了自己經驗的有限，被消遣戲謔的可能，也發現一般人對東大既夢幻又綜藝的看法，這使我不得不承認，我所處的日本社會，我所認識的日本人，原來不見得是多數的那一邊。

翌日，學校例常有課。在這個側重亞洲區域研究的課程裡，一堂討論想像共同體的講義，可以匯集各種性格殊異的人：自福島鄉野一路上京，以立身出世為人生目標的森田，全神貫注；自岩波書店轉來，對學院制度不太有耐心，總是語出驚人的小島閃爍著敏捷的眼光；流浪漢般行走中國內陸農村的杉原；對韓國如數家珍的中岡；把越南文化摸到熟透的望月；以及其他多位來自各地，在電車裡在街上除了是位平凡樸素的人，看不出丁點異樣的同學。這些人的研究興趣，匯集起來，拼湊了亞洲研究的版圖，除了歷來強勢的中國、韓國、滿洲之外，新加坡、菲律賓、泰國、越南、緬甸、尼泊爾、印度，一路南下。

除了日常生活所接觸到的街巷商家之外，這些人可說是構成我東京生活的主要對象。老師們，上了點年紀的，治學爲人多少還保留著戰前日本漢學的傳統，中壯輩份則歷經安保運動之風，相當程度具有一種關於正義的熱情和執著。學生們，雖然也像一般日本人普遍拘謹，低調，保持適當的距離，但因區域研究常會接觸多式樣文化的緣故，他們對外國人及其現象抱持比較好奇而包容的態度。

我們或在課堂上交換彼此研究內容與進度，或於校外類似同業幫會的學會活動上碰頭，依照一定遊戲規則自我介紹、專題討論之後，接而轉戰食堂或居酒屋吃喝聊天。印象中，他們往往能說各式各樣稀奇古怪的語言，對各地風俗也有說不完的觀察與經驗。每個人幾乎年年走訪一度其觀察地域，給當地的朋友寫信，鍾情於某項當地的食物。

對比其他研究規範與成果森然的學科，我所認識這一批在日本從事亞洲（更遠來說，其實也擴及到俄羅斯、中東、拉丁美洲）區域研究的日本人師友們，相當程度打開我在島國侷限的視野，使我感受世界何處不有歷史滄桑。他們與其維持西裝革履的學者印象，毋寧更像一個輕簡裝備的旅行探險者，大膽好奇走向一片尚未充分墾拓的叢林，耐心追索那些凌亂的草木蹤跡，試圖拼理出一條可參考的小徑。

各式各樣混雜著濃厚生活氣味的材料，經他們煞有介事放進一個研究架構裡，竟也有了意義。這種研究態度與方法，一部分固然可追溯到日本戰前南進政策的餘緒，但其內容歷經戰後變革已經相當程度除去政策工具性，而轉呈現出一層拘謹憂鬱的人道主義色彩。有些時候，我甚至讀出字裡行間，他們的戒慎恐懼，反覆斟酌，——對某一些日本人來說，戰爭的確被遺忘的太快，但是，對另外一些日本人而言，戰爭又彷彿一直沒有過去，這除了關乎他們自己的良心，也是往往因爲其餘同胞的遺忘，使得他們愈發難以簡單從戰爭反省與贖罪的陰影中逃開。

這些人，在整個日本社會來講，只占了極小的比例，甚至比東大生所占的比例還要少，因爲他們說來實在也是東大裡面的少數。他們通過了層層障礙來到這知識金字塔的頂層，然而此刻卻又因爲某些因素選擇了多變的異域探險，這使得他們日後未必人人能像東大本鄉法學院或其他科系菁英，穩健地朝高等文官體制攀爬上去。因此，每當有人問我關於日本，或者要我就日本人給個說法，我總感到爲難，因爲我所熟悉的，是這樣的少數。雖然我亦能浮光掠影地說明那些一般日本生活之氣味，街頭五花八門之光景，各季日劇之最動情與最渲染，但眞正與我個人相關，使我因之觸探了某些日本冷熱矛盾情調的，畢竟還是這些少數的人，他們在新宿街頭，一點都不起眼，倘若起眼也是因爲他們太樸素或略顯怪異，可在我的日本記憶裡，實在人人都是個角色，人人都有故事可說。

在那些過去的時光裡，我們總在學校食堂裡吃超便宜的拉麵，喝著淡到無味的麥茶，要不就到外頭吃烤青魚、薑燒肉片飯。那時候，我們什麼身份都還沒有成爲，可又隨時被提示著成爲某人某物的堂皇願景。人人身影沉默寡小，可腦中負載著一個個民族的傷痕歷史。生活很緊湊，但多半又是單調的。幾個較常來往的朋友，好比學姊小谷，學長白石，東京生東京長，典型守禮的東大生，在日本人同儕中有點害羞被動，與我一個外國人，倒經常在下北澤喫茶店，聊日本明暗各面，聊中國、韓國與越南，後來漸漸也聊一些生活雜感，片刻之間對前途的茫然，之於日本社會的不合身性。

小谷，某一程度來說，非常符合一般對日本的傳統印象，拘謹，焦慮，工整的鉛筆字跡。喜歡櫻花、茶、煎餅、章魚燒。讀高村光太郎的《智惠子抄》，愼重其事送人蒂芬妮項鍊以及細心整理的相片簿。這樣的小谷，繞著一九四〇年代中國共產黨經濟政策打轉，進了博士課程興趣愈發低落，卻又換不了方向。事實上，她整個人也一直是這個樣子，某種根深蒂固的傳統教養與習慣圍繞著她，但內心一股不能就此合作浮流，時刻逼迫她打開自己，但她畢竟做不到。

白石專攻日本語言史，對殖民地國語政策用力頗深，但卻沒有年輕憤慨的激情，也沒有爲政策辯護的焦慮。他寫得一手漂亮的日文字，讀書速度驚人，給我幾近食字獸般敏捷而流暢地將知識予以吸收消化的印象。然而與其稱呼白石爲才子，不如看他稚氣大男孩的一面，他總和氣無架子地與我們女生去逛街喫茶，白紙般聽聊女性主義，他說其實很羨慕別人有假日活動，挖苦自己其實是毫無戀愛約會可談，才落得星期天無事可做在家看書寫文章的地步。

幾年之後，白石以第一名速度拿下博士學位，並維持每年一本書的成績，成了一個心無旁鶩，生產量驚人的學者。小谷嫁了東大菁英，來信說改姓大田，專業主婦，論文困頓，某年我去東京，她想辦法託人代看孩子，與我在車站迎面便紅了眼眶。至於其他，比如小島，果然等不及博士，回鍋岩波書店，鋒芒銳不可擋，出書速度可與白石比擬。森田沒了聲響，杉原依舊一年進駐一次中國農村，望月繼續鑽研越南，文化、政治、歷史、歌謠樣樣精通，某一日到台灣跑來找我，模樣幾乎沒變，但忽然又學上了一口中文。

這樣的日本人，和在澀谷，在秋葉原，在世田谷的日本人不見得相同，事實上，東京二十三區，人何其多，我們自以為是塑造的日本人形象其實是那樣制式老舊，要不就是那樣奇情曲扭，以致於我不知如何使用那些分類來歸類形容我的朋友們。如果容我換些說法，那麼，他們可能是學者、編輯、自由撰稿人，知識的學徒與工匠。可能是不安定、偏好逃亡與逃避的人。也可能是終了發現自己畢竟屬於傳統的人。以及，可能的堅定左派。可能的異國情趣。或者，眞的是有意識要放棄日本社會某些規範，選擇以他種方式反抗過活的人。他們腦袋裡想的東西多半和我們印象中的日本人很不一樣，但外在生活往往又徹頭徹尾符合著日本人的習性。

如今，他們可能安身於某一棟高樓辦公室，某一間研究室，星期六下午，也還是一樣參加學會，晚餐結束後和幾個朋友再喝個二次會，搭著和少年時一樣的電車回家。

除非他們醉得不醒人事，否則，他們不免還是會注意到那些車廂裡晃動著的週刊廣告：皇太子妃的憂鬱，波斯灣戰事，上海示威反日，靖國神社，殖民歷史的清算……，對別人來說，這些話題是車上打發無聊時間的玩意，時事的短暫補給與大發議論，可對他們來說，往往只是瞄過一眼，也忍不住要想得複雜幽微，在歷史的縫隙中苦惱地閃躲與踱步。

這些朋友，在過去，台灣還沒有吹起哈日風的時候，對他們的認識很少，在今天，滿滿到處都是日本資訊，日本彷彿已近在咫尺之際，依舊沒有什麼線索可連接到他們。時事紛擾，他們這些角色，沒有浮現出來，也不可能出現在娛樂新聞、綜藝節目，甚至戲劇節目裡也很少描寫到他們，即便眞有哪一天被點到了，其形象恐怕也和當年東大五十人之綜藝節目，相去不遠吧。

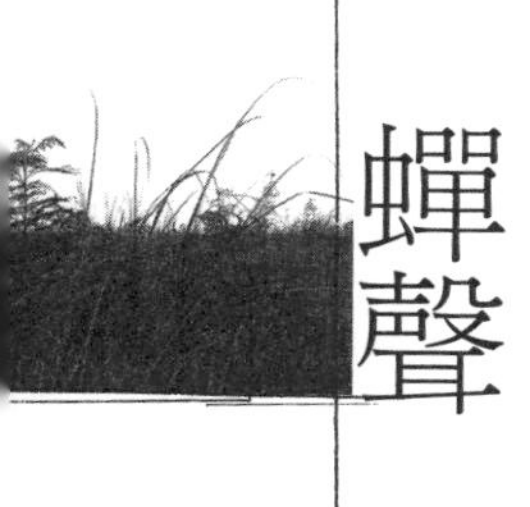

蟬聲

親愛的夏：

那個早春正午，離別雖苦心緒卻懸空無底；遠遠看你走進那扇門內，機場所有走道瞬時寂靜了。我想起莒哈絲《情人》電影尾聲，離開越南的小女孩。那是黑夜的海上航行，往事般的鋼琴聲，飄進小女孩的耳朵裡，她還猜不著自己要去的地方長什麼樣子，然而，那個身後白天所離開的，聽著鋼琴聲，都還歷歷記得，所有的樣子。在那一瞬間，她長大了，領悟了生命的痕跡，她慢慢哭起來，臉上殘留著童稚、無辜，以及，很多很多的倔強。

你走後這段日子，我常想，我們的生命能容納多少往事？當我們回憶的時候又能捕捉到多少？更別說回憶恐怕是每一天都在不知不覺地修改。我們再如何沉溺於回憶，也摸不到真正的過去，即便往事重現，我們也未必會再陷入同樣的情緒——夏，看你獨自坐在那兒，我即是如此冷冷清清地覺悟，我再觸摸不著你了，我們之間將只剩下那些無法掌握的回憶……。

再見了，夏，我不知道什麼時候你會以那小女孩的姿態想起我，而我自己又將何時才能開始回憶你。年華似水，我將愈來愈看不清你，所有關於你的述說都將不可考，我說的僅僅只是我知道的你，也可能是一個曲折虛構的你，然而這個你卻是回憶深切選擇過的——有時候，虛構未必為我們帶來更多的謊言，而是更尖銳的真實——夏，別責備我連回憶的勇氣都沒有，別問我虛構如何開始如何穿越，夏，停止吧，讓我們停止吧，過去我們花了那麼多時間在爭辯問題，我們的愛情彷彿深奧得失去了簡單的本能，何必呢？夏，原諒我在此結束這封信吧。

【1】

經過了漫長的雨季，盛夏的蟬聲吵得人坐不住，我苦惱地坐在電腦跟前搖頭晃腦，心慌意亂；想對夏說的話積了太久，一旦潰堤就毫無秩序。

天黑了，我關機放棄所有文字走出門去。長久以來，我習慣把思維壓抑在最淺的層次，怕極了那一旦過度思慮，一旦陷入回憶泥沼的時刻；我不想總在那些片刻被捲入炙熱無援的浪潮裡——。

電車進入市區我便下車，眼前街道已被紅西瓜、藍浴衣、白頭巾以及各式各樣的花扇子鮮豔占滿，這是仲夏的夜晚，每年一度的盆踊舞祭熱熱鬧鬧在街上跳起舞來。唷豁、唷豁、唷豁。穿越汗流浹背的人群，學長陳威利在對街用力地揮手。

「喊你老半天了。」我們努力鑽過人潮會合，跟著舞陣瘋走一陣，陳威利不愧老日本了，學起姑娘擺手扭腰跳舞挺有樣子。

文化見習完畢，我們滿頭汗地鑽進一家小酒館，二話不說便點了啤酒。在這裡，每次見面幾乎都是這個樣子，也不管跟誰約，吃什麼也不重要，只要可以讓我們沒牽沒掛沒完沒了喝上兩三個鐘頭。特別是跟這個陳威利，他像一部得花很多時間暖機的機器，一杯一杯慢慢喝，話一段一段慢慢滾出來，夜就愈拉愈深，幾乎每次總要因為趕收班電車才不得不結束話題。今晚，看樣子必然也是尾班車了。

「唉，你這傢伙，是不會了解的。」

這是陳威利的老話。每次碰面時間久了，他自然就會說到這句。喝酒容易招回憶，今天他講的是上日文系學了日文之後偷偷摸摸去看父親抽屜裡信件的事，他很愛跟我說以前的事，最後加上一句：唉，你這傢伙，是不會了解的。

「若不是我自己看懂了，我想那些事他一輩子都不會講出來的。」他問我：「你父親一定也是日語世代吧？」

我搖頭：「打戰時候他剛出生呢。」

「這麼年輕？也是啦，哼，我忘了你這傢伙整整小我一輪。」

「你又要說我喝國民黨奶水長大的，是吧？」

「難道不是嗎？」

「是是是，來，再喝一杯。」

剛認識陳威利的時候，他對我其實是稱不上友善的。留學生裡，他是七、八年的老東京了，有朋友交代我來找他。他夠義氣，幫了不少忙，壞處就在話裡不時帶針刺探一下。依他的識人閱歷，以往不去美國跑來這裡的人多半有些故事，對比起來，像我這種履歷單純又頂著光鮮學歷來的人，是這一兩年的新產物。

「實在想不懂你這樣的人怎麼會對殖民地有興趣。」他把酒杯向著我，不忘挖苦：「有為青年是被血淚史打動了嗎？」

我笑一笑，沒接話。我知道他指的血淚史是什麼，但我不想再加油添醋進去。

陳威利和我默默喝著酒，在一些政治話題上，我顯然不是他很好的對手，這也就是陳威利以為我天真無邪的證據。這種時候，我寧可他繼續說些自己的故事，像是一窮二白跟著人家編黨外雜誌的點點滴滴，讀了哪些書唱了哪些歌的心情，他講這些的時候，我都聽得很認真，動情處我想我是懂他的，否則他不會這麼愛跟我講故事。

該抱怨不被了解的應該是我吧。對比陳威利以及他的朋友們，帶著埋冤與使命而來，我行囊裡好像什麼都沒有，不，應該說我把它整理了，我想，現在，我不要輕易提到血淚或反抗，我不要這件事那麼容易使我相信與興奮，我是抱著這樣的想法來的……。

夠晚了，從酒館出來，涼颼颼的夜風迎面吹來，酒就醒了幾分。往往就在這種時候，我會後悔如此喝掉一個晚上，什麼也沒有解開，一切還是沒有更改，不過貪圖一點陪伴。

回到家已過午夜。信箱裡有報社的來信，見過面的編輯說要用我寄去的稿子：「可以的話，每個月寫個千把字來吧。」他在信末加上：「保重，在異鄉的日子。」字寫得很潦草，也許只是例行的問安，卻一時若輕似重叩到了我的心底。關於出國，關於我選擇的這個人生轉向點，在去到機場前一直很少去想，可當飛機眞正起飛，滿頭滿腦打過來的陌生，就面臨這個決定的全面性了——這不是可以輕易轉回頭的。我像是終於明白了一點點成人的道理，當我漸漸能夠在這個一無所識的異國定居起步，我知道我在成熟，也在失去青春，一種悲歡分明的青春，以及，夏，一個被我擺在愛情的長鏡頭裡，漸漸淡出的影像。

〈永遠的天橋〉

記住夏在潮來潮往的十字路口，永遠的天橋上我看到她自人群中走來。

我經常不願眞實敘說這段回憶，在記憶中它漸漸變成靜默且破碎的畫面——畏懼想得太眞終至失去了所有的實感，就像我與夏老爲記憶中她穿什麼顏色的衣服爭論不休一樣。

然而，我眞的記得，那一天，黃昏，夏穿著米白色短衫。她在橋下看見了我，向我揮手。

我們一起站在天橋上。眼前的城市正在下班的時刻。

這些車子，幾乎就要把這個城市變成一條大河了。夏望著車潮說：誰知道，我們站的這座橋，會不會在一瞬間斷掉……。

不過是天橋而已。我打斷她：再說，有我和你一起站在這兒，胡思亂想什麼？

她恍恍惚惚點頭，往橋下望：所有橋都是懸空的，都是會跌下去的。

不會的，有我和你一起站在這裡，不會跌下去。我故意說得調皮：就算是跌下去了，世上也還有我救你。

那時的我們，眼神雖然熱切卻還有一點童稚，我們從空無而備受壓抑的邊陲走來，在那有著許許多多天橋的城市裡，以爲自己好不容易長大了，長大了，我們幾乎是貪婪地捕捉各種文化飛絮，彷彿生命就此展開，許多潛伏在體內不明白也不成形的念頭與願望就要激發了，激發了。

然而，終於還是會，某些重心不穩，從天橋跌了下來。

我自己說的，世上也還有我救你，到哪裡去了？

[2]

白鷺鷥來信說高分考上了博士班；還記得那個文化英雄的理想嗎？他寫道。文化英雄？我當然記得，這是白鷺鷥的目標，像爬到山頂要插旗的。過去好幾年，我們經常在談這個話題，也拿這個標準在觀察身邊許多認識或不認識的名字。「在台北，」他說：「這是一種必須的職業身分。」

理想，英雄，不過才幾年，我已經動搖得厲害了，但在那時，眞的沒有什麼奇怪。我和白鷺鷥眞的活過一個有英雄的環境，要不是自己很早便找定了一個英雄，至少也會在後來學校裡跟著人家尋找英雄，英雄會向我們提示書應該怎樣讀，人生應該怎樣活。白鷺鷥熱中文化英雄的那幾年，書店櫥窗擺什麼我們便談什麼，永遠談不完，追不上，白鷺鷥跟那時候的很多人一樣，總試著要讓自己看起來是尖銳而有雄心的，時代這麼壞也這麼好，知識份子這麼重要，人人都該有理想主義，最好誰也不要服氣誰。

我和白鷺鷥朋友作得起來，關鍵大約在我沒有想作英雄的決心，然而恐怕他連這點也是不明白的。我們兩人，與其是那種常見的劍客關係，毋寧是高中男孩情誼的延續，上至讀書做大夢小至追女生瀉肚子都是可以講的。有一陣子，白鷺鷥很喜歡一個女孩，不過，他的文化英雄，在這戀愛上卻備受譏諷，女孩爸媽不認爲白鷺鷥有本事把飯碗裝滿。那是我和白鷺鷥兄弟情誼最患難見眞誠的階段，不是因爲讀書，不是因爲活動，而是因爲戀愛，我們幾乎天天通電話，激情、憤怒、懊惱、頹喪，差不多把彼此的心事都給說光了。

不過，再怎樣的煩躁憂愁，白鷺鷥勝過我的地方，是他無論如何不會停止他那知識的好奇，他怎麼樣還是熱中參加活動，不放棄往他文化英雄的理想靠近。我離開學校跑到書店打雜的那一年，他埋頭寫論文，言談之間不再那樣莽撞，甚至可以來上幾分算計，作為朋友，我說不上這是好還是不好，我只能說，他所表現出來那種鎖定目標、不懷疑、不放棄的樣子，有時也會使我有所感觸，也許，理想是可企求的，起碼要像他那樣去求，否則，是沒有資格先懷疑的。未來，哪一天，白鷺鷥眞能作成他要的英雄，在文化的台上像個明星那樣說話，也或許，當我們走到那一天，一切英雄都過氣了。

〈理想書店〉

在以輕薄短小為訴求的時代裡，想搞大部頭的社科書店未免陳義過高。偏偏老闆理想性格不改，新聘員工外加增設企劃組，獨排眾議通過預算。會後，他把總編輯、業務部主任和我找去訓話，話語鏗鏘中又進一步決定跑校園辦書展，以打開知名度順便打通配書管道。

書店事務尚未安頓又急著辦書展，整個公司狀況只有人仰馬翻四個字可以形容。首要之務是把宣傳用的書訊做出來。新聘員工都是門市部或倉庫區的人手，所謂企劃組說穿了就是我一個人加上總編輯特別支援，但特別支援會有什麼用才怪。

打了幾通電話，怎麼樣也挖不到稿源，沒名沒目又沒利點，公司裡也沒現成資源可用。沒辦法我只好清倉私人關係，找了大學好友阿茲幫忙寫點什麼，沒想他很乾脆地說他現在寫不出東西來：「我生命中的那個時代已經過去了。」

好吧，大家都寫不出來了；正想掛斷電話的時候，阿茲補了一句：「去找夏吧，你知不知道夏回來了？」

夏？不可否認，這個消息讓我暫時失去了平衡。

猶豫許久，我終究鼓起勇氣打電話去家裡找她。她爸爸說她人去了台北；住哪兒？電話？

通通不知道。還是這樣的夏，也一樣相信他女兒會做出大事業來的好爸爸。

掛上電話，我決定忘記這件事情。這幾年來我已經很少想起夏，想起來也只像是看昔日照片，感覺幽幽的，但不會特意鬧什麼情緒了。

如細石激起浪花又平息，我繼續困獸奮鬥著書店業績。不管對編輯部或業務部來說，我漸漸成了一個攪局人物，就連最友善的總編輯，也跟我抱怨武俠小說的再版早忙得他七葷八素，言下之意就是不要再去煩他。「你也不是不知道，我們得照顧好這些能賺錢的部門，才能貼補賠錢的部門。」

我無話可駁。當下最賠部門的確是書店門市，籌備期砸下大筆支出不說，每月房租人事也很驚人，而以業務部的配書狀況看來，想在秋天搞定書展也注定是個童話。這個公司機器所吹起來的氣球，如今好像只是慢慢消氣，要不就是等著一個時間點爆破。不過，我漸漸看清了，這個爆破，只是一個短期失誤，整個公司不足於死，眞正會被爆掉、彈開的只會是我。

作好這個最壞準備，我告訴自己，別再去搖晃這台公司機器了，只消在自己的位置，帶著螺絲釘的心情，在時間到來之前，把能做的事情做完吧。用不同名字寫了好幾篇書評報導，爲充塡頁數，又做了出版情報，就在我狼吞虎嚥各種報章雜誌的同時，意外一篇關於夏的採訪閃過我的眼前。阿茲果然不是隨便說說，夏回來了。雜誌上附了張相片；細細，亮亮，夏天的臉……。

下班後的街頭，夏狡詰的眼神依舊還在人潮裡閃呀閃，她在訪問裡所講的那些話，我好像一點也不感到新奇，甚至我想阻止夏把它講出來，因爲那些話好像是在我們之間細細地講……，我們之間，我們之間，我警覺自己依然沒有走出危險地帶，哪有什麼我們之間，她不都講出來了嗎，原來她對誰都能講的，夏變了也是應該的，她講得那樣光鮮燦爛，好像她是世界的寵兒，只要她蹬高沒有搆不著的——。

不能再想下去——我終於聽見了滿街的喇叭聲，回神，我停下來，和一大群下班的人一起等紅燈，女友露西在對街微笑，我穿越斑馬線，拍拍她的臉頰，一切都沉澱了。

［3］

生活毫無聲響，只有電視裡嘰哩呱拉的日文和罐頭笑聲。睡覺，吃飯，看電視，其他時間差不多就是K書，所謂K就是挑磚似地，一本克服過一本，但也只是克服，沒有更多的心情了。有些時刻，我把所有書堆到旁邊，感覺一切安靜下來，從現實的軌道漂離出去，那些好像只是不久以前，以爲亂糟糟的人事與情感，宛如錯雜的棋子，以一種新奇的秩序，慢慢排出一種新的位置。

我不很清楚有什麼變化在我的心裡發生。白鷺鷥在信上和我討論熱情的出口。他寫：「一切都在上軌道，我想我在接近目標了，讀書上課都照進度來，可是，好像有什麼東西不見了，乾巴巴的，也可能是什麼東西出不去，快爆掉了。」

「寫作有幫助嗎？」他問。

我們這幾個朋友，都有寫作夢，過去，那曾是我們交談最大的主，點燃火光最快的方法，但是，自從我和夏分開，當兵的當兵，出國的出國，就愈來愈少談了。

時到如今，重提寫作，居然不是寫不寫得成，而是有沒有幫助。幫助什麼？把什麼東西找回來？把什麼東西爆掉？那個東西是什麼，是我們以前說的熱情或靈魂嗎？探一探自己，放縱一下熱情，爽一下，痛得揪緊胸口，證明自己還是活的？那寫日記不就行了，爲什麼要是寫作，如果只是一個寫？

不，寫作要寫出來的是一個想像世界，你如何能叫它是寫日記？

不，一個想像世界何嘗不能寫在日記裡，如果你眞要寫。

不，寫作除了自己還想跟更多人說話，你明明知道，白鷺鷥問的寫作，就是往外推到舞台上的寫作，在那裡，有人理解你的夢，有人讓熱情燃燒，有人跟你一起爆炸。

不，寫作不是爆炸，要說是爆炸，不如說爆炸的廢墟，要比就來比誰能清理這堆廢墟，熱情的剩餘，留下來還是掃出去？那恐怕一點都不浪漫，而是你最討厭的步驟了。你說舞台是嗎？我們可不是演員，我們是那些檢場的人。

不，不可能，你得是演員，不是演員不可能懂的。

我彷彿又聽見自己跟夏在爭辯了。

白鷺鷥從來沒有眞正了解，寫作對我來說一直不是只有熱情的問題，他和夏毋寧是比較談得來的。

我回信告訴他寫作也許會有幫助，事實上，最近我又開始作這件事了，但我並不確定它會形成什麼幫助。白鷺鷥說的乾巴巴，拿來比喻我目前的生活也未嘗不可，寫下這些沒有帶來尋找，也沒有引起爆炸，反之，它像兒時養過的蠶那樣，靜默，緩慢，一刻也不停止，不斷不斷地啃食桑葉，不斷不斷地吐出細絲來，我還不知道它會釀成什麼。

〈理想主義是一個形容詞〉

秋天前辭職，恰巧趕上研究所課程開始。有些曲終人散的感覺，坐在書桌前，重拾舊籍，撫讀那些三〇年代以降的年輕心靈所留下的紀錄，總不免使我聯想自己的世代，一批自以爲看清了社會演進，振振有詞自己的行爲是怎樣的正當的人，天眞，吶喊，理想，樂觀，對保守勢力的深惡痛絕。

歷史會重複嗎？我們以爲歷史是久遠的事，但有時候，它彷彿就在身旁，我們就身在局中，重複又玩了一場。我敲開指導教授關老師的門，跟他談我對殖民地知識份子的看法，曾經有一批人，意氣風發，以爲里程碑必在自己這一代樹下，他們充滿理想，是的，比起抗日，我更想談理想，這是匯聚理想主義的年代，不僅台灣，幾乎全世界都是一樣的，所有良心還未冷卻的人莫不出於知識與反省，認爲人們應當追尋一個更理想的社會，更理想的未來。使我不知如何處理的是後來的發展，知識份子只有更多而沒有減少，他們手裡所擁有的知識，也比起前行代更新更豐富，但是，理想主義卻潰散了，理想的熱度與焦點冷卻而模糊了。他們的體質是否眞的被改變了？改變後理想還在不在，我還要不要討論？

我滔滔不絕跟關老師說了很久。對我的問題他一個都沒回答。他只是問我講了這麼多次理想主義，那麼到底什麼叫做理想主義。

「基本上，我看，理想主義是一個形容詞。」他把話說得很慢：「我聽起來，你把它當名詞用了，偉大的名詞。」

我愣著，一下子根本不可能聽懂。關老師沒罵人，但也沒有要說明的意思。這就是關老師，絕不親切，連罵人都是少的，你不知道他是因爲修養還是因爲懶，一個難以捉摸的人。曲高和寡，這是別人對他的批評，講的不僅是學術，還指人際關係。上學期剛通過由所長指定口試委員的規定，對關老師多所牽制，已經使我狀況艱難，再面對他的嚴格要求，時不時要感到吃不消。理想主義是個形容詞？這是什麼意思？形容詞是幹什麼用的？修飾名詞？名詞固定不動，形容詞可動？我把理想主義當作名詞用？這是什麼意思？什麼意思？

想得一片混亂的時候，電話響了起來。

「嗶！——」我接起來聽到公共電話硬幣掉下去的尖銳長音。

露西問我在幹嘛。又到晚飯時間了。

我該拒絕的，但我只說了隨便。此刻我並沒有吃飯的心情，想到待會露西和我兩人在這小房間裡閃來閃去的窘促，愈發不可控制感到煩躁。我開始手忙腳亂整理起房間和自己的思緒。

露西來的時候，我已宣告失敗，正苦惱地趴在桌上搔頭皮。

她很溫柔地在我額上啄了一下。這個舉動讓我有點不忍，硬把那些莫名其妙的怒火給吞了下去。

「我們出去吃吧，順便出去透透氣。」我提出轉圜。

「可是我已經把食物買來了。」她興沖沖地把塑膠袋翻得搓搓響：「你看，有你喜歡的蟹肉沙拉。」

我不吭聲。露西又繼續說：「我們可以吃完飯再去散步，那不更好嗎？」

我乖乖坐下來吃蟹肉沙拉；她轉身到浴室洗東西，邊忙邊問我這兩天在幹嘛，論文有沒有進展。我唏哩呼嚕把沙拉吃完，還是沒來由地感到生氣。她接著把收音機打開，一點也沒注意到我的情緒，她繼續關心，繼續說那天讀到我在報上的文章，好難懂，「你老把事情想得這麼難，難怪會不快樂，」說到這裡，她轉頭看我，故作輕鬆：「還有，你爲什麼寧可寫卻不跟我說？」

我眞是一點辦法都沒有了，外頭天色慢慢暗下來，又是我的發神經時間，我想起以前夏常用那種精通紫微斗數的神情對我說：「人最逃不了他出生的時候，黃昏一來，你就會完蛋。」

晚飯吃得很糟，好吧，就這麼說吧：我被蟹肉沙拉塞飽了。露西覺得委曲：「你莫名其妙嘛！」

她對我的沉默發起脾氣來。我還是沒吭聲。

「你跟我吵架呀！」她喊：「我拜託你跟我吵架吧！」

了。」

我感到煩躁且罪惡，振作起來，想辦法擠出一句話：「那個公共電話把我弄慘

「咦，什麼？」

「你爲什麼不多投一塊錢呢？說過好幾次了，多投一塊錢它就不會發出那種可怕的響聲。」

「人家那時候身上只有一塊銅板嘛。」她愣了幾秒，很快當眞破涕爲笑，像孩子湊過來跟我撒嬌，手臂如軟蛇攀住我，我全身僵硬，沒辦法，別開她。

「怎麼了，又怎麼了？」她在我背後鬧起來：「我到底是哪兒不對？」她決定任性了，抱住我哭，淚水淌濕了我背上的襯衫；我覺得愧疚，轉身摟她，沾著微微鹹味的她的唇遂傷悲地來尋我——

「今天就到這裡吧。」

我推開了她。

原諒我。

門板砰然摔上。

露西或許還期待我再喊她一喊，但我什麼也沒做。吃了一半的碗筷就丟在那兒，

天色暗得連最後一抹晚霞都看不見了。

【4】

這個夜晚，應陳威利的朋友大江之約，我們三人走過時髦的鬧區，去聽一個來自故鄉的樂團表演。會場賓客比我想像的要多，除了上年紀的臉孔，例行性的政治人物，也有一些平常比較少看見的年輕人。短短一年裡，我密集接觸到許多從來不認識也沒有想像過的人，只因爲台灣這個關鍵字。他們有些是童年在台灣住過的日本人，有些是把日本當成第二故鄉的台灣人，當然，那些傳說中的黑名單，異議人士，也都在這裡了，此外還有教授、記者、學生，藏在各行各業裡的研究者、收藏家、編輯人，或者僅僅只是普普通通的上班族。

好比大江就是個編輯，和他打招呼的佐原先生是此地最出名的收藏家，談到台灣古器物或文書，莫不以他爲權威，神田幾家古書店只要有新東西進來都要先知會他，可現實中他不過是一個貿易公司主管。和陳威利說話的安部君，在防衛廳的子單位工作，碩士作的是中國研究，近年開始留意台灣國防，他身邊松井小姐依然笑得甜美，每個月五木老師家的讀書會，她都會出現，問她爲什麼要來，她說ＯＬ生活太貧乏了。站在花圈旁的張小姐是望族之後，研究台灣史的沒有人不知道她祖父的大名，張小姐旁邊是島內某報記者，最近婚變鬧得人盡皆知，她常來參加留學生活動，因爲工作很涼快，因爲台灣這時候根本還不太需要日本新聞……。

剛開始的時候，我很納悶，不是說這圈子很小嗎，隱匿塵封於社會各角落的人，零零落落走出來，竟有這麼多樣子。後來我漸漸了解，正是因爲愈邊緣，凝聚力反倒更強，許多臉孔幾乎每役必與，陳威利形容他們是難得的朋友，談起台灣歷史掌故，口沫橫飛，甚至比我們還要清楚。

整晚節目的高潮在幾首新曲的演唱，這些曲子是爲紀念戰前知名作家而寫的，歌詞皆來自於作家的小說：一個少年愛慕一個在鄉間牧牛的少女，在男孩眼中，女孩勤勉、潔美而又孝親，宛如菊花初綻的容顏。「烏鶖烏鶖嘎嘎啾／白翎絲腳勾勾／水牛水牛胡白泅／跋入溝仔底搵豆油……。」

單人吉他在台上悠悠地唱，那些童謠鄉音，否認不了的，還是打動了我，這一陣子猛力填塞，乾澀而沒有出路的內心，被這些旋律繞指柔地鬆動了，好像那些讀下去的書，一本一本又倒出來，一個一個人名，一件又一件的運動、事件、主導者、犧牲者……，沒完沒了百般重複的記錄，就像球場上看不清楚的臉孔，跑啊，衝啊，跳啊，撞倒了，再起來吧……。

這些起起落落，讀起來固然可以是一種歷史的快感，不過，更多時候，我感到被歷史淹沒的悲哀，這些充滿理想的人，像遊戲場似地，浮上來一個，沉下去一個。來到東京以後，我放下以前關注的抵抗主題，轉而投情於戰爭前夕那些看似粉飾太平卻默默侵蝕的生活，這段時期好像開始沒有什麼英雄了，英雄在上一回合的波浪洗得差不多了，理想主義、革命熱情，一步一流沙，陷進精神的荒廢……。

我輕手輕腳如偵探追索這些魅影，發黃的史料與遺作，透露出他們鬱鬱寡歡、形貌曲扭的臉孔，大約是關在小房間裡看了太多這種東西，雜亂夢境開始干擾我，昏沉沉的睡眠愈睡愈累。露西自台灣寄來中藥，囑咐我三餐前服用。它可以緩和神經，讓你睡的好一些。她在信上這麼寫：不要胡思亂想。

〈下不完的雨〉

我是怎麼認識露西的？可以讓我先談夏嗎？

一個冬天，一個男人為她攔住我，當著我的面把菸頭狠狠往自己手腕上戳了下去。當時夏連一句解釋的話都沒有，就獨自走了。我愣在原地。那男人誇張地笑起來。我一肚子氣惱，但還來不及出手，就先吃了他一拳。之後，夏和我誰都不提這件事，從頭到尾，我和她好像一點關係都談不上。

四月早春，獨台案加反內閣，滿城喧囂，學潮一波接著一波，我們那個學院，課罷得特別厲害，雖然系裡幾個教授已經揚言這段期間誰蹺課就當誰，但我還是跟著阿茲社團裡的人去台北車站坐了兩天，順便把宿舍裡一些左派書全搜括去展示。

得意日子過不久，沒幾天，接到爸爸怒氣沖沖的長途電話。哪個無聊人士竟寫信到家裡渲染說我在台北跟反對運動掛鉤得很厲害，我爸爸那種奉公守法的人從小告誡：不入黨，不搖筆桿，不碰政治，這下我全給碰了。但怎麼想就想不通怎麼會有這事，我又不是什麼重要人物。阿茲提醒說會不會跟前陣子糾纏夏的男人有關係。我提著這事去問夏，光糾纏兩字就搞得我們大吵一場。我跟夏說，難道你就不能稍微體諒我一點嗎？這什麼時候你跟我計較這種遣詞用字的問題。她說這不只是字詞的問題，她覺得我在羞辱她。而且，「黑函？」她指著我的鼻頭罵：「一封黑函就把你搞成這副德性，你還跟人家搞什麼活動！」

我的天，親愛的夏。

三選一必修的政治學險險過了關，算是老師不跟我計較。畢業典禮那天，我沒看到夏，阿茲還在找她，但我心裡清楚得很，她不會來的。

我傷了她，她也把我看扁了。我們都並非原意如此，但不會有人先道歉的。不，我是可能道歉的，然而，過去，事情的眞相是即便我先道歉，那個道歉也已經不是夏所要的了。

很多時候，我不懂夏倒底希望我是什麼樣子，要思想還是要行動？要強一點還是要弱一點？我們截然不同的個性，相同的只是對愛很敏銳，愛的熱情很夠，但光靠熱情是不足以去愛的，我們漸漸面對了這個困境。

那個暑假，沒有給夏任何消息，我搬了家，一個人去旅行，把大腦清空，在電車上聽孩子們談天嬉戲。我大學畢業了，原來也不過如此而已。接下來呢？以前以爲只要大學畢業就會隨之跟來的，卡進社會結構，搖身一變成爲一個成年人……，現在呢？以前怎會想得這麼幼稚？還是事情本來可以如此，是我自己把大學搞砸了？知識、文憑，我學到什麼？愛情，不清不楚，跟夏倒底爲什麼在一起，我們是愛對方還是愛一種激烈戀愛的感覺？一旦停下來，張開手心感覺自己什麼也沒留住，過去以爲那麼確確實實相信而期待的，現在靜靜的，與我隔得好遠。

我想回到原點，如果我走錯了路。沒有，沒有走錯，你不過是想逃。夏可能會這麼說，她喜歡把事情翻轉，下結論，但我不同意事事翻轉都能有效……。好了，我不想再跟夏較勁了，我不想跟一個我可能愛的人爭執誰對誰錯，我不知道爲什麼我們這一代人一開始就以爲活在世界是有道理有信仰的？而我們要的那些道理與信仰是從哪裡來的呢？我們抓的這樣牢，難道我們沒有迷惑過嗎——

不要再問了，把手鬆開就好了，不要再問了。

旅行，成了一場逃亡。

回來的時候，夏的小說得了獎。她開始成功了。

「在我內心深處，我一直爲自己失落的命運而暗自神傷，而現在，我新的姿態並非由於眼淚已經流乾，而是出於理智，出於覺悟。」

我始終沒有再跟夏聯絡，不理會文化英雄的夢，唯一沒改掉的是讀小說，既然不用再寫就放心讀得更兇，小說給我帶來了露西，理智與覺悟。

「那是什麼書？」整個從高雄到台北的火車上，我又笑又嘆地在看米蘭昆德拉的《玩笑》，坐在身旁的女孩忍不住問。

她是露西。她的外表完全是普普通通的，而且後來就是這種尋常本身也打動了我。她問得很樸素，沒有作態的成分。我這從來不容易跟人說書的人，跟她說了捷克的革命故事，路德維克遇見露茜的愛情，雖然那並不是一個美妙的愛情故事。

接下來的一切，就如小說所預言：露西如魔法般撫平了我的徬徨，她掀開了一個被我遺忘的，日常生活的遼闊草原，在露西的生活裡，什麼虛無與現實的問題，什麼左與右的爭論，什麼勝與敗的策略彷彿都不存在。我說服自己，離開思想、歷史或神話還是有可能生活的。露西。露西。她對政治一無所知，對歷史一無所求，更絲毫不受我們這自以爲關鍵、理想的時代使命所束縛，她只是經驗著自己生活裡那些瑣瑣碎碎的喜樂與煩憂，她的到來把我領到她的世界，讓我從理想的幽暗山谷探出頭來。

【5】

「你眞是個可憐的光頭唐吉訶德。」

「把那知識丟給狗吃吧。知識把你的生活搞得不幸。你無論如何提高知識，一旦碰到現實，那知識反成爲你的幸福的桎梏。」

「我勸你與其做有知識而混迷的唐吉訶德。不如做無知而混迷的桑科。」

把文獻拋開，找出屢被引用的小說來讀。在這個時期，出現這樣的文句，使我感到驚訝，彷彿在歷史迴廊遇見了一些以前不認識的身影，遙遠相望於現實生活裡，一個無聲靜靜的黑洞，將我吸納進去，這些人，所發出的聲音，未必是吶喊，不過，卻是那些不吶喊的心境，使我說不出話來。

在熱戰年代、這樣沉溺於抒情美學的文字該如何被看待呢？小說隨處可見空虛又敗北的形象，評者以此來檢證殖民地知識份子的腐朽程度，說這個流淚思索人生的作家是進入與社會絕緣的、自我的小框框之中了，這是小知識份子對社會失去希望的頹廢情緒……。

我闔上書，我想反駁嗎？我能反駁嗎？

〈思索的美學〉

一夜，我把那本有著夏的消息的雜誌再看了一遍。她眞是很不客氣說著雄心壯志。不知道像夏這樣一個女子，爲何起起落落，稜角還是銳利得很。她並沒有完全的勝算，但她自己卻不在乎，總是像個熱柴燒啊燒的，也不用別人去問她說你要照亮什麼呢，她只是不得不燃燒起來了；狂風暴雨，夏就是這樣。

即使性格不同，青春時候，熱切的心怎麼相處起來都容易，可是，到了一個時期，跌跌撞撞經驗多了，大家就開始調整自己。這是成長嗎？與夏愈走愈遠，愈明白彼此本質實在不同；就像我們的寫作觀南轅北轍，夏這幾年寫的東西越來越不忍卒讀，即使相熟的朋友也愈來愈不能明白她的語言，而我，很少再寫任何東西，心思越多，愈不容易開口，夏若還記得大約要認爲我報廢了，過去她屢屢還要拿幾把火來燒我，有時更幾乎是存心要激怒我，但我總不反抗，走遠就是了。

如此愈隔愈遠，就當做讓夏獨自探險去了，我停下來，讓自己走進關切世間喜樂悲憂的路途，我告訴自己，長久以來存在於生活裡的矛盾必須被解決，過去所有激情的日子，怎麼說總脫不了大膽與理想的色彩，理想不是不可能的，但我得知道把它放在哪裡才行。如今重來一次，即便已經沒有夏，重新提筆，該從哪兒寫起？什麼才是有意義的？我試著，但我看見從自己筆下滑出來的，依舊是一種傷感人生，看起來，就像苛刻的文評家所說的：知識變成一種藝術，思索只爲了一種美學。

我要反駁嗎？我能反駁嗎？我把雜誌丟開，閉上眼睛，暗中仍有一張又一張夏的臉；到底是我過於頑強，迷戀於自己的倒影；還是理想過於虛渺，套不上人生的悲喜迷惑？我只能經由所謂藝術去接近人生，而無法從實際行動中找到拯救嗎？戰鼓的聲響也好，都會的喧囂也好，爲何沒有勇氣撲身而去？

〔6〕

天氣反常，南風刮得窗子嘎嘎作響。黃昏不過五點，我出門去陳威利家。天空擠滿烏雲，巷道非常冷清。

客人遲到很久，酒聲淚影的台灣歌在陳威利房裡唱了一遍又一遍，剛從美國來的羅大成不耐煩地抱怨台灣人怎麼老愛遲到，陳威利在一旁聽著只是笑。

「可不可以換個帶子啊？」羅大成嘆口氣：「一定得把台灣調弄得這麼要死不活嗎？」

爵士樂開始響起來的時候，一把落腮鬍的老謝推門進來了，他說海關查毒查得緊，耽擱了。

禮物之外，他帶來一捲錄影帶，是剛完成的關於白色恐怖犧牲者的紀錄片。斜風細雨，芒草荒墳，大家原本還邊吃飯邊看，沒一會就胃口盡失，一個個人名也不知道被寂寞地埋在那兒多久了。

「畢竟還是統派搞的東西。」老謝結論。

「有差別嗎？」羅大成說：「大家都犧牲了。」

彷彿默哀似地，一下子沒人搭腔。陳威利耍花樣吐著煙圈，老謝把每個人都打量過，說一句：「目標錯誤就是無效的。」

羅大成悶著，他在想這話是什麼意思。我不想講話。

「可能是我離開太久，對今天台灣社會不夠了解；」羅大成開腔了，有時候，他好像覺得說話是種禮貌：「不過，我眞的很懷疑台灣人有像你們講的這樣一致？如果不是的話，目標錯誤就是無效的，這句話會不會講過頭了？」

陳威利皺眉頭。老謝懶懶地：「你說講過頭是什麼意思？」

「不能因爲目標不一致，就否定別人的努力或犧牲吧？」

「我沒有否定那些犧牲，相反的，我嘆息那些犧牲是盲目的。」

氣氛一下凍結。陳威利找我們來，本是要爲老謝接風。ABC羅大成，大學開始尋根，到日本來唸書鎖定東亞經濟，算是我們幾個學生之間最富志氣的，所以，難得革命家老謝到東京來，本以爲兩人會談得愉快，沒想到一開始就打結了。

「我是覺得走到今天這種時代了，很多談法也必須跟著更新才行。」羅大成似乎不以爲意，爭辯這件事對他而言只是討論的一環。沒想老謝打斷他：

「我最討厭別人講什麼時代、時代。什麼時代？沒有反省，什麼時代都一樣！」

「你不能因爲今天長新肉，就忘了昨天的傷口。」陳威利加上註解。

「這樣清算是清算不完的。」

「你不要跟我講清算不完，是根本還沒有開始清算。」老謝動氣：「你不知道我們這種人要爭的，就是『根本還沒有』！」

「什麼叫『我們這種人』？」

「哈，你連我們這種人都還沒來得及搞懂，憑什麼擺出一副智慧開明的模樣？」老謝轉頭抱怨陳威利：「你哪裡找來這兩個傢伙？不是國民黨乖乖牌就是滿肚子洋墨，這是要談個屁？」

羅大成臉色很難看，我知道他最討厭人家說他喝洋墨水。事實上，聽到這裡，我自己心情也開始不好，我知道老謝指的是什麼，對某些時代的人來說，他們眞的還沒有開始清算，歷史就已經翻到下一頁了。然而，只要這埋冤情緒一出現，很多事就沒辦法再討論下去，每個人都有他的情緒要消化，都有他的立場要堅持，要想彼此傾聽並理解地談下去，機會微乎其微。

「唉，我哪知道今天是怎麼回事。大家都反應太快了，來啦，喝酒啦。慢慢談，慢慢談才不會誤會。」陳威利也招呼羅大成：「喂，給前輩倒一杯，老弟，我說眞的，很多事你們不一定了解啦。」

羅大成照著作了。

「好吧，兩位年輕人，我為我剛才的話道歉。」老謝自己緩下來。

「不過我還是要提醒二位，你們自以為這樣很開明，」老謝接著說：「但是，在我看，最容易掉進圈套的反倒是你們這種人。」

我們沉默著，老謝接下來講的話基本上都沒有錯，想得太多的人容易成為坐而言不起而行的人，放不下知識份子身段，滿口理想卻沒有實踐力，且那些理想說穿了根本就缺乏事實的認識，對言語過度信任，強調邏輯精準的公平正義，別人一跟我們講些漂亮話我們就上鉤中計了云云。

「不要把分離當作常態，不要習慣性搞懷疑。」老謝說：「革命作戰時刻，人人這樣搞還得了？」

「現在又不是革命作戰時刻——」

「誰說不是了？」大成的話還沒講完，就被老謝微妙的笑打斷。「你們年輕人這麼缺乏革命的熱情？放輕鬆點嘛，革命這個詞不是洪水猛獸。」

「何必把革命掛在嘴上，你說懷疑，我就懷疑革命這個詞，革命是來真的，不是喊爽的。」

「老弟，你這話就失禮了。」陳威利說：「你不知道老謝吃了幾年牢飯嗎？」

「沒關係，沒關係。」老謝擺擺手：「所以，我說，年輕人，要有行動才算數的，而行動就要講求立場明確，目標清楚。」

「是啊，立場，無論如何得搞清楚自己的立場。立場搖擺，全是一團花言巧語。」

「可是，如果人人立場打死不退，還怎麼溝通？」羅大成很堅持：「如果一個人想試圖了解各種尖銳對立的意見，他只能沒有立場。」

「太理想了，沒這回事。沒有人可以聲稱沒有立場，敢這樣宣稱的人，他必然是在說謊。」老謝乘著醉意，把問題丟給一直沉默的我：「你說是不是？小白兔。」

駁。

〈作愛吧！不要思想了〉

關老師把論文草稿丟還給我，喝口茶，順順氣：「你把事情看得太簡單了。」「你把革命、抵抗、或者所謂理想，看得太簡單了。」他停下來，等著我的反

我沒說話，因爲沒什麼好反駁的，頂多只能說點難處罷了。我的確想簡單了，因爲我不知道一旦複雜起來該怎麼辦，怎樣才能控制複雜。

「你只看到它浪漫的面向，不，應該是說你自己把它看成是浪漫的。說起來，這本是無所謂的，年輕人本來就傾向浪漫，可是我們今天談的是論文，我不得不提醒你簡易的浪漫是不成事的。」

關老師說得沒錯，我的確取巧了，簡易而浪漫地下結論：為理想而戰的人，即使輸了也輸得血淚交織值得歌詠，相對，喪失以致背叛了理想的人，則是可悲而無從抵抗的被殖民者。是這樣嗎？我如何區分誰是爲理想而戰的人，誰又是背叛理想的人？

「你手裡的尺是哪裡來的呢？」關老師提醒我：「我上次已經告訴過你，不要把理想主義當成一個標準名詞來用。理想主義是一種性質，每個人，每一代人所懷抱的

理想，不見得相同。我期待的是你來告訴我二〇年代和三〇年代或四〇年代的理想有什麼差異，而不是把理想主義作爲另一個抵抗運動的口號而已，這樣大題小作，冷飯熱炒，你告訴我有什麼價值？」

「我這樣說，夠明白了嗎？」關老師給了我一個微笑，他說了這麼多表示他已經不生氣了。

我無法堅定地，勉強地點了頭，轉身，把門帶上。

好一個理想主義是一種性質，關老師又給我出難題，他問的那些人，我怎麼可能沒有注意到，他們看起來沉溺而躲在自己的防空洞裡，他們說的文學可以信嗎？知識變成一種藝術，思索只爲了一種美學？我能這樣批判他們嗎？我看他們簡直如看我自己，這樣蒼白的狀態活該被歷史略過……。

研究是不能有情緒的，關老師不是這樣說過嗎？何以他出的問題又全是觸及到內心的？

心亂如麻，在學校操場來來回回繞了好幾圈，我愈來愈知道，問題不出在資料多寡，也不出在文章做法，是出在我找不到位置，立場，研究免不了有立場？那麼，何以關老師問的又直指內心，使我感到立場的更混亂？我好苦惱地吵吵鬧鬧到天黑，六點鐘，該打起精神去過生活了，和露西約好要和朋友碰面。

星期五的晚上，每間餐廳都很滿，我們一行五人點了美式餐廳裡的招牌料理，我很想吃得痛快，但幾個念頭想到關老師或許還在研究室裡不免感到心虛。餐後不散，續攤要去KTV，我勉爲其難答應，但到了現場，一陣等就磨去大半脾氣，進得房間，七嘴八舌的點歌，麥克風好幾次遞到我和露西面前，我心裡好像有個沙漏，耐性一分一秒在用盡，終於，還是突地站了起來：「對不起，回家等個電話。」

打開房門，走廊上迎面撲來的是更混雜更喧鬧的每個房間的歌聲，我一下狼狽竟找不到出口樓梯，這時露西從後頭追上：「你不想和我的朋友吃飯你就明講嘛。」

「我沒這個意思。」

「那你爲什麼讓我下不了台？」

「對不起。」

「不是對不起的問題，我是想問你爲什麼，爲什麼？」

「……」

「你又不說話了，你又不說話了！」

「改天再說吧。」

又是一樣的局面。露西走了，我搶到室外，讓冷風醒一醒腦，希望有那麼一絲可能，再回到那個房間裡去，拿起麥克風，唱一首快樂的歌……。

老弟，多大年紀了，你還把自己的腦袋當風車轉？理想主義是一個形容詞？奇怪，這話我聽起來一點都不奇怪啊。你們老師挺有幽默感的嘛，不，我看他是走在時代先端，沒錯呀，在今天，理想主義只能當一個形容詞了吧，不用拿來信奉，也不用拿來實踐，只要形容就好，比如說，這人很卡夫卡，想必是說他很悶又憂鬱，滿腦子怪東西，這人很理想主義，大概就是不切實際，滿口空話，搞不好還很難纏呢。不是嗎？難道你沒聽過這些說法嗎？

沒有理想主義了；你們老師是什麼意思我不知道，但我聽起來就是叫你不要再執著這個了。你把這個名號捧著，成事不足，敗事有餘，搞得自己這副德行。眞的，什麼時代了，你還在困惑這種發了霉的理想主義？我看你是爲著你自己的人生壯烈感才覺得那樣的革命時代很浪漫吧？唉，不如瞧瞧自己的肚臍眼比較實在吧，我看你該去找個累死人的工作磨一磨所謂的理想，你要知道我們嚮往過的那些理想的人物，理想的年代，不過是我們自己想得太美也太簡單了，而且，就算眞有那些時代，那些人，你看現在他們還不是成天喝咖啡搞手段，辦公室沙發坐得穩穩的。搞不懂你，走來晃去也這麼幾年了，又不是大一大二的嫩蔥，獨立思考，嘻，大學校訓不要給忘了，我看你是想的太多才反而被攪混了，像超商裡賣的碎絞肉。

話說回來，老弟，這種時代了，各種前景都是可能的，你不要自己往死路走。要不你倒說說看，現在生活你想幹嘛，不要光說，要說幹就幹的。也沒把握是不？本來就這樣嘛，想歸想，還得做得成的。路是得邊走邊找的，碰到算你運氣好。無論如何，病厭厭是不行的，這是作爲朋友的我所能給你最中肯的話了，從前你或許還找得到人陪你一塊虛無，但今天這種時代，別人會認爲是你自找的，嗯？

記得吧，以前我們是怎麼互相取笑的——作愛吧！不要思想了。你忘了嗎？這麼美妙的道理！不要說我故意把話說得這麼尖酸刻薄，難道你不承認這裡頭的確有點道理嗎？吃吧，不要思想了，唱吧，不要思想了，買吧，不要思想了，老朋友，生活裡誰不是這樣呢？只不過作愛來得更美妙一些罷了。

[7]

生活的實感如何追尋？秋末的戀愛處處充滿放縱的氣息，撫觸到綾子那光滑的背脊幾乎使我戰慄，但同時也有一股強大的恐懼勒住了我的脖子；深淵，我覺得我將會落入無底的深淵中。

「你說我該不該去呢？」裝出一副不以爲意的樣子，綾子拉拉衣服坐直了身子問道。

「你自己想不想去？」

「我當然想去看看上海啊，不過，一去又得待兩年，嫌累。」

「既然如此，你當初爲何不乾脆去中國去學中文呢？」

「恰巧碰到天安門事件嘛。」她說那時剛好有人告訴她台北生活和東京很接近，適應起來容易，所以她就改變計劃去了台灣。兩年下來，中文進步不少，只是北京腔變成了台北腔。

「剛進公司時還經常爲這個傷腦筋呢。」她邊梳頭髮邊和我叨唸最近家裡老催她去相親，看來就趁這次調動去上海避難吧。「不過，有時累壞了我也想把工作辭掉結婚算了，就像我媽一樣，看大晴天了，就把棉被拿出來晒晒，伸伸懶腰，嗯，眞是個好天氣。」

我覺得她是故意擺出這樣一副無所謂的姿態來跟我說這些，因爲平常她並不是這樣說的。我們的關係近來多少超過了我的預期，這看在他人眼裡，或許叫做兩廂情願，好奇與寂寞，沒什麼大不了的，寂寞，日本社會裡寂寞的人比我們所猜想的要多上更多，「沉默的你我的心就像冬天的海」，卡拉OK裡綾子經常唱著這樣的歌。

然而，相對於我所知道的愛，這或許像小時候吹的彩色氣泡，只是短暫的絢爛與歡樂。我想，綾子與我都只是盲從於一種自己的感覺，見我獨身漂浮於日本陌生人海，綾子想把我從不快生活拉起來的願望幾乎成了一種她不自覺的使命，她總說我和她從前知道的台灣男孩不太一樣，她說我的憂鬱雖沒寫在臉上，但那種性格殘留著成了一種傲慢。

「眞的，你很傲慢，像我們公司那些自以爲是的男人。」

我沒搭腔，她倚上我的肩，溫柔地：「你生氣了？」

她的髮香對我來說未嘗不是一種誘惑。我不是毫不願意回應綾子的情感，但是，那其中的關鍵似乎是我必須承認自己的確陷於一種不快的生活，一種反常的思慮。我若不願同意這個裁判，不能若飢似渴接受她想要給我的拯救與歡樂，那麼，我留不下來的，綾子也不會滿足的。

【8】

原本以爲自己不會有什麼過年的心情，孰料周遭氣氛仍然讓人想起許多年節回憶。除夕夜，我把草稿列印出來，愈看愈難說服這些記錄除了徒徒勾起自己的回憶之外，倒底還有什麼意義。征服不了自己，就想試試別的，我把自己丟出去，去了一個以前和西班牙同學去過的酒吧。

在那裡，昏暗看不清的臉孔吃著奇怪的食物：豬的肚子，牛的舌頭，味道像蕃薯的炸香蕉，以及熬成鹹湯的紅豆。鄰座女人側過身來和我搭訕，從口音我聽不出來她是哪兒來的。她抱怨這店空間太小，她說這附近再走個十五分鐘有間大一點的店，可她的朋友卻偏偏要來這裡。

「你朋友呢？」

指指吧台前一個鬈髮女郎：「雪莉亞。」

「她很漂亮。」她讚賞地望著雪莉亞的背影：「她是我朋友中最漂亮的，有個日本男人迷她迷得要死。」停了一下子，她又說：「你怎麼不問我的名字。」

「喔，抱歉。」我開始覺得這女孩可愛：「你知道日本這種地方每天就是在自我介紹，搞得人很煩。請問芳名？」

「你可以叫我喬。」

「喬，聽起來像小男孩。」

「是啊，雪莉亞說我太男孩子氣。」她拉拉緊身毛衣：「我的胸部太平了。」

「沒關係，胸脯大的女人沒腦筋。」

「謝謝。」她沒好氣地把我的酒杯給倒滿：「你幾乎都沒喝嘛。」

「這酒太甜，喝不慣。」

「你看起來有點憂鬱，你信教嗎？」

我忍不住笑出來：「你眞幽默。你信教嗎？」

「我信啊。」她很認眞：「還沒來日本前我每個禮拜去教堂。」

叫做雪莉亞的女人拿著酒杯繞回來，對喬說了一些不知是哪國話的話。過了一會，雪莉亞轉頭問我：「跳舞嗎？」

我搖頭。雪莉亞撇撇嘴不以爲然掉頭走了，沒一會被摟進另一個男人的懷裡，一頭閃亮的金髮在這暗室裡擺呀擺，很引人注目，她的確是漂亮。

「那麼，你要不要和我跳舞呢？」喬盯著我說。

我又搖頭：「這樣會對你失禮嗎？」

「唉，你眞彆扭。」她一把我從座位上拉起來：「跳吧，呆坐著多無趣。」

有點寂寥的音樂，喬的臉輕巧地黏上我的肩：「拍子，拍子，只要跟著拍子。」

她咬咬我的耳朵：「我沒騙你吧，很簡單。」搭在我腰上的手順勢捏了兩下：「你還是學生吧？」

我沒回答。

「待會你還去哪兒嗎？」她又說。

我沉默著。之後，我們離開音樂，離開人們的臉，這個輪廓細長的外國女子的面容像是在哪個夢裡閃爍過，年華似水，這世界，好像又要下雨了。滴滴答答。滴滴答答。全世界的窗口都在等待新年的黎明嗎？鐘，已經敲過十二響了。

〈模糊的天堂〉

中秋節晚上，天氣好的要命，趁著夜色未深，我到河堤跑步。前陣子，露西一直動腦筋要我跟她回花蓮去過節，我怎麼樣也不肯，說是要趕論文，其實是不想以男友身份去她家作客。她媽媽對我這個轉念文科的窮伙子一點好感都沒有。「何必自討沒趣。」我跟露西說。

「你就不能幫我想想嗎？」她的口氣裡有抱怨。她說我想事情總是只爲自己想，從來沒爲她打算過。我知道她指什麼，但我實在沒法想跟結婚有關的念頭，問題太多了。

「問題問題，那是因爲你根本不想解決，所以才覺得問題多。」露西嘟著嘴說：「你根本沒這個心，都我一個人在想辦法。」

是啦，都你一個人在想辦法。我知道。我知道。露西的決心一直讓我很詫異，我不理解爲什麼她可以這樣死心塌相信自己的選擇，即便困難就在眼前？她工作好幾年了，每天就是在幫那些嘰哩呱啦的綜藝節目打對白字幕，再怎麼無聊的措辭還是得花時間一個一個字地打，碰到緊張吃螺絲的人更是完蛋。「明明大家都聽得懂，幹麼非打字幕不可？」我每回幫她發牢騷，反過來她安撫我，這份工作，讓她比起我來，算是個小富婆了，特別是她家裡一嫌我窮，她就更省吃儉用，好像存摺可以幫我證明什麼似的，一起出去，有時看她買東西的計較能叫我在身旁感到難堪，但我嫌什麼呢？「有本事你掏錢買給人家啊！」阿茲這樣挖苦過我。是啊，我幾乎沒送過她什麼禮物，我唯一守住的不過是沒跟她借錢罷了。

愈是明白她的眞心，愈讓我遲疑不前，有時更忍不住惡意驅趕她離開我的身邊。我跑得渾身是汗，坐在河堤上休息，空氣裡傳來近處許多家族烤肉的香氣，我難免覺得露西實在也是拐錯了彎才跌到我身上，可是，她一點也不理會我這個說法。

「你再想清楚點吧。」我經常這樣跟她說。

「想過了，想過了！」她幾乎用喊叫回答我：「我想得很清楚了！」

那麼，要決定了嗎，我和露西要變成這些逢年過節就忙著幸福的家族嗎？不知道，眞的不知道。幸福是不是幻象呢？我垂頭看見堤下角落一對戀人正在熱烈擁吻，那樣的畫面實在是美的，不管那其中會有多少眞眞假假的故事，沒有人不愛眞情擁抱親吻的畫面，就像《新天堂樂園》那樣把所有愛的瞬間都拍下來，沒有人不感動的。露西常常抱怨我對她的冷淡。「眞不知道那麼多的纏綿愛情故事都發生在哪兒了？」

她偶而酸溜溜這樣夾進一句：「還虧你看了那麼多小說，你的熱情呢？」我的熱情？聽起來仍然驚心動魄，如果我還記得，我該說我曾經多麼爲熱情所惱嗎？像火般燎原的東西若非還躲藏在哪兒，找不到出口，要不就是早給過去的野火給燒盡了。

〔9〕

寫不下去了。又是黃昏，完蛋時間。又過一天，今天幾號了？這些雜亂的細節把我的時間感弄得混亂不堪。

走過已經熟悉的巷道，隨著暮色熱鬧起來的是朦朧的飯香，轉角的窗口流出零碎的鋼琴練習曲，使我久違地想起早逝的妹妹，她那雙細白而修長的手；有一段時期，她就是這樣在黃昏裡反覆地彈一些不成調的練習曲。

十四歲，多麼輕盈的年紀，有關她的記憶淡得像縷薄煙，風一經過就吹散。我沿著琴聲轉向河邊，野鴨穿梭在河岸的草叢間覓食，我腦海裡鬆散地浮出一些童年嬉遊的記憶，屬於黃昏的那些鴿子、雞籠、燃燒著柴火的熱水爐、衣裳單薄的妹妹，她在水泥地上跳房子——，不知不覺我聽見自己哼出了妹妹常彈的曲調，是巴哈的平均律吧，何等久違的瞬間，我忽然觸摸到一個舊的自己，流轉多年它竟不曾更改，它還在，多麼神奇，彷彿和輕盈的妹妹一起沉睡在多年前的心底，何以之後繼續活下來成年強健的我爲什麼把自己搞得這麼破碎呢，一個人怎麼會因爲紛亂的思慮把自己搞得這麼破碎？

好吧，回來說那一天的事。我做個深呼吸，河岸已經沒人，烏鴉的叫聲也完全止息了。

離開那個叫做喬的女子，新年第一個清晨，我獨自站在月台上，寒風凍得我直打哆唆，有幾個趕早要去神社祈拜的日本家族在一旁低低地說話。

車子過了好久才來，車廂開門，迎面是個流浪漢蜷在椅子上很舒服地睡著，穿著華麗，趕在新年黎明去祈求好運的家族，什麼話也不用說便自動迴避到另一區，留下昏沉沉的我恰巧就站在最貼近流浪漢的地方。他睡得熟，沒什麼好擔心的，是車廂裡的暖氣讓人受不了，混著流浪漢身上所散發出來的酒精和體臭，釀成一股怪味道，搞得我很不舒服，昨夜那些奇怪的外國食物和太多品牌的酒彷彿在胃裡翻騰起來，在忍耐的極限邊緣，我狼狽地下了車。

蹲在路旁把身體裡亂七八糟的食物吐個精光之後，我清醒多了，索性就沿著鐵軌走回去。黎明的氣溫好低，凍得鼻頭幾乎沒有知覺，把圍巾蒙頭蒙臉地圍住，晨曦從東方慢慢輻射出來，一列火車打從身邊呼嘯而過，這時，我忽然意識到自己恐怕處在一種難得的造景裡，這不就是以前和夏看電影時最愛品頭論足的火車意象嗎？火車也好，鐵軌也好，月台上任何一種可能的景色，藏著故事的任何一個瞬間，多麼迷人啊，每個導演都有自己的拍法，每個導演至少一生都要拍它一次，想盡辦法，一較高下，留下影響。

那是與夏的共同記憶，那幾乎是八〇年代的殘影了。此刻夏在哪裡呢？這是一九九四年的第一天了，與夏愈離愈遠，再遠我們還回得了頭嗎？

謊言與沉默是現代社會兩件巨大的罪行。夏，你記得這是哪部電影的對白嗎？我記不得了。我痛恨說謊，但我走不出沉默。你眞厲害，一直可以對著社會侃侃而談，我是不是也該學著跟你一樣世故，一樣說一點謊也無所謂，然後去做些什麼偉大的事業？

我知道，除了你，我的沉默再舉不出更冠冕堂皇的理由。相較起轟轟烈烈的革命者，我一點也不曾經過什麼偉大的悲劇事件，我不過是在一種虛榮心或虛無感的作弄之下才死守自己的鬱鬱寡歡吧。夏，天亮了，走回家，我會在郵筒裡等到你寄給我的賀年卡嗎？一九九四年了，繞過這條巷子，我就到家了，但我不會去看郵筒的，因爲你根本就不知道我已經來到這個地方。夏，我要的只是開門，打開電腦，繼續去寫我那些漫長又混亂的僞小說——不用笑，我會笑得比你更快——那些文字是我在放縱自己的感覺和想像，正如思想家所嘲笑的：我只是在眞實的想像某些東西，而非想像某些眞實的東西。我知道，我通通都知道。你不要再講了。

〈你要能夠墮落你自己〉

夏決定出國之後，主動找到我，我們在大學裡的餐廳聊了一個下午。兩人的心態就像跟家人辭別似地，她說她先念語言學校，然後看情況再決定念電影還是回本行。

「什麼叫看情況？」我說。

「就是怎樣都可以，到時候就知道。」

一派輕鬆，我說夏你眞任性。天知道什麼叫怎樣都可以，我心底很爲她擔心，夏這樣狂風暴雨的個性，她的範圍裡沒有安全的底線。

即便是那樣接近分別的時刻了，我依舊沒說出什麼心意，倒是夏說：「我眞希望你可以和我一塊離開這個地方，那麼，我也許可以在別的社會看到你解放你自己。」

「爲什麼大家都覺得離開才有希望？」我反抗地說。

「不是這個意思，重點不是離開哪裡，是離開本身。」她想了一會兒，才又接著說：「我只是想試一試，也許你可以在別的社會學會放縱，熱情一點，亂一點，給你自己一點自由，即使痛苦也是自己心甘情願。」

是嗎？我頓時無言。「你想太多了，你讓一大堆人把你關起來了。你不想逃嗎？」夏的話碰觸我的痛處，我搖頭要她不要再說，可是她反抓住我的手，說了一句至今仍然使我痛苦的話：「你可以爲我開發你的熱情嗎？相信我，你要先學會墮落你自己。」

你要先學會墮落你自己，夏，我不會蠢到不明白你的意思，可是，那樣的熱情眞是我所要的嗎？多慮的我仍止不住這樣的懷疑，我曾經的熱情又打動過你嗎？現在的我，跟一個與你不同世界卻一樣有決心的女孩計劃共度人生，未來對我像個非黑即白的選擇，我的熱情該往哪兒開發好？

獨自生活的這幾年來，我漸漸同意了夏的說法，是的，這是我個人的問題，不是我處在哪裡的問題。如果我可以默視我與夏的日漸鬆離，還有什麼不能的呢？我慢慢無視於對活生生的外界愈來愈冷淡的自己，每天讀報紙看見一些熟悉的名字往上爬了，竟然覺得不置可否，全是往事之感，再不能簡簡單單就找到什麼事好來拋擲自己熱騰騰的情緒，過去大學的青春狂潮只要一下子就能把人捲著走，不用想太多，只要奉獻出你的熱情，混雜的年代，大家多麼容易可以站在一起，統一陣線，揮霍自己的熱情，然而，如今，殘餘的熱情呢？我掏得出足夠的熱情來和露西一起追尋不完全明瞭的幸福嗎？走得徹底的夏是否已對我完全失望？她是不會老的人嗎？她的熱情要怎麼成長？

[10]

眞正走到家的時候，天已經全亮了。

我打開電腦寫了更多關於夏或露西，疲倦加上過去的回憶幾乎叫我不能動彈；我在它們的重重圍困之中。不知道什麼時候睡去了，但朦朧中又做了夢；凌凌亂亂的畫面和叫聲。

直到被陳威利的電話吵醒。「新年快樂！新年快樂！」他在話筒那端大喊，問我昨夜去了哪兒。迷迷糊糊答他幾句，我發現頭痛的老毛病又犯了。

「出來喝個酒吧？」他說。

我拒絕了。

「大過年的讀書不急這時。」他呵呵笑，話中有酸味。

「改天吧。」

他不高興地把電話給掛了。我振作起來梳洗，一清醒就覺得肚子餓了，大過年的，只好隨便熱點料理包吃。東西一下肚，還沒感到飽呢，倒是昨夜胃裡那些沒吐完的感覺翻湧起來，沒多久我就對著馬桶把咖哩飯給吐得一乾二淨。

整個房間充滿嘔吐的腥味，腦袋裡蛀蟲似的痛感愈發尖銳起來，這時候，綾子恰巧打電話來，頭痛到讓我沒法集中思緒和她說什麼，她察覺了，女性焦急又溫柔地一直問我：怎麼了？怎麼了？

我能怎麼回答呢？沒事。沒事。怎麼可能沒事？你講話好奇怪。我去看你吧？綾子說。不用，我說，我只是頭痛，等一下就好了。我不管，我現在就出門。綾子掛了電話。

我想逃。所有的思緒離開身體去旅行。我想在綾子到來以前好起來。痛，眞是痛。誰給我送顆止痛藥來吧，其實，這樣就夠了。

風。

〈前世今生〉

那個人影獨自站在那裡，船已經離岸幾里了，受著波浪的顛簸，因爲吹的是逆風。

夜間四更時分，他在海面上走來。眾人驚慌喊道：（鬼怪。鬼怪。）浪花濺溼身上的白色長袍，我聽到如歌的聲響：（是我，不要怕。）

（若眞是你，就讓我從水面上走向你。）

（你來吧。）

我下了船，水紋划開如毯，然而風卻吹亂了我的腳步。

陷落——昇起——陷落——昇起——陷落陷落——陷落陷落——；（救我！）

溫熱的唇舔著我的耳。（不要胡思亂想，開車吧。）

我接過鑰匙，轉了轉方向盤；（不行，這裡方向反了，我沒開過。）

身旁的女人不講理地：（別說了，快開車，天快黑了。）

好吧。我踩下油門——咻咻——咻咻——，車窗外有滿街旗幟隨著狂風打來，令我暈眩。

（你幫幫我吧。）我轉頭對女人說，可她正歪著頭，像駕訓班打盹的教練。

我減速，等平交道，換檔，起步，加速爬坡，轉彎。

火紅的落日在路的盡頭燃燒，我在大道上奔馳，轉頭看看身邊女人，荒漠霞光在她的睫毛上閃爍——我幾乎要為她的美哭泣起來——哪裡傳來鄉村音樂？唏哩嘩啦流滿整個車廂——這是星期天的早晨吧？我在腦海裡快翻日曆，一個又一個紅色的圈印，除草機轟隆隆地在眼前推開寬敞的下坡，下坡——煞車！快，快煞車！

我使盡全力往下一踩，我要煞車，可是，踏板呢？我咬緊牙再使力一踩，幾乎把自己給狠狠地給拋了出去——

底盤，車子的底盤呢？

俯衝，俯衝，俯衝，高速度的墜落——我大叫，拜託，誰來阻止我，拜託，擋住我——

一片水沫中看見夏，伸出手去也像觸摸到她，她身上那種特有的檸檬味在水裡繞來繞去，若即若離，有什麼像海藻似的長長的東西淹沒了整片白色的海，夏從前的長髮輕柔地纏繞上我，我意識到自己在做夢，然而夢中如許眞實，清醒的我阻擋著那個做夢的我，這是夏，身體記憶如花朵般漸漸甦醒，這是夏，我明白了，這是夏——。

【11】

作完戰爭文學的期末報告，這學年終於告一段落。

（讓我們結合在一起的，我以爲就是愛。理論是無聊的。只有愛。我們到大橋去走走吧。吹著涼爽的和風，讓我們談談未來吧。）

我把這段話放在最後，作爲一個勉強的結論。這是小說的斷章取義，一個台灣知識青年與日本少年在殖民地所發展出來的情感。這樣美好的憧憬，對比整個時代的殘暴，或許是顯不出力氣的，也可能是假的夢想。

走出學校，一年課程就這樣結束了，忽然間沒有任何事情急著要作，然而也無人可找。陳威利最近掛病號，酒喝太多，把胃都給喝壞了。至於綾子，她到底還是去了中國，寄來的明信片上說上海的人潮眞和雜誌上看過的一模一樣。我獨自在街頭遊蕩，準備找一家食堂吃飯的時候，天空忽然飄下了細細的，彷彿只是空氣中四處飄飛的灰塵粉末，白色的，我抬起頭，聽見有人在說，雪。

原來這就是下雪。

我站在原地看了一下子，好奇怪的竟沒有什麼感覺。這是東京冬天的第一次雪，也是我人生遇到的第一場雪，而我竟然沒什麼感覺。

看著雪落下的那些時間裡，我想到夏，如果此刻我會想跟誰說「下雪了」這樣的話，那個人大約是夏吧，不是因爲雪多麼浪漫，而是我想讓她知道，我離開了，你要我離開，我離開了。

夏說離開會帶來改變，我不知道她預期的改變是什麼，而我經歷到的改變，就是許多變化都平息了。過去一年是我所經過最平靜的日子，孤單，然而，自由，像是一切都靜下來了，而現在我恰巧想要這樣的安靜。

在這段生活中，陪伴我的說來竟是那些當年也離開了島嶼，來到東京追逐夢想或虛擲光陰的前輩鬼魂們，那些瑣瑣碎碎的資料，對我聚攏構成了一個想像時空，歷史迴廊，我彷彿可以走入其中，而現下此刻，活躍在那些書頁裡的名字，就算從細雪中的街角向我走來，我也不會感到多麼吃驚。

我是太孤獨了吧，以至於竟與一個虛空的時代對起話來，他們來到這裡，年紀和我差不多，他們生動地跟我描述哪一年哪一個季節他們走過哪裡帶著怎麼樣的心情，我彷彿可以被召喚過去加入，跟他們一起在看不清方向的樂觀理想感到生機勃勃，然後又一起陷進一種找不到出口的無奈失落之中……。我是把書給讀入魔了吧，愈是同感於他們的心情，就愈無公正審判他們的自信。歷史又重複了一次，那個時代何嘗不是我這個時代的投影。當我指控他們喪失了理想，擺脫不了殖民者的支配而無法動彈之際，我自己呢？當我看清他們逃不過一種藝術與現實之間的兩難，既受良心驅使想與人民分擔歷史現實的同時，又不得不面對到自身理想在大眾之間實踐的無能與失落之際，我自己呢？

這些不必要的投射，時空混淆，讓我漸漸從一種反抗的激憤退下來，取而代之的是一種淡淡的懷疑與哀傷，有時候，我也只想說：（讓我們結合在一起的，我以爲就是愛。讓我們談談未來吧。）儘管我知道，之於當下或後來實際發生的歷史，這不過是一個玫瑰色的幻想而已。

12

小說的形式已經因為突來的夢境而混亂掉了。

陷落回憶之海，失去說故事的耐心，喪失對虛構的趣味，混亂的經驗，讓我只關注於如何表達感受，而無法顧及現實的理解與創造，我想，我就像自己寫過的話：我是被那些紛雜的經驗給絞成碎片了，像超商裡賣的碎絞肉。

可是，倒底為了什麼，我非與這些費人思索的經驗攪成一團不可，難道眞是個性即命運，是我自己的思維把各種事件都理解到了這步情境？過去當我這樣疑惑且懊惱的時候，夏會開玩笑說：這樣才能寫小說啊。可是，我覺得一點也不好笑，一點也不好笑。

幾年來我們執著和自己的風車戰得筋疲力竭，想起那些精神上的磨難，眞像是被丟進猛獸欄裡去和最危險的命運搏鬥，而那執鞭的馴獸師竟是彼此。我知道這樣比喻可能過份了，但我只是想追問我們的愛不會只是出發於智性的慾望之上吧？夏，相對於柴米油鹽我們何以不能以感官的愉悅來解放我們的困惑？我當然知道小說可以重至生死問題也可以輕至小丑要把戲，但是，難道我們要為了寫小說而把自己極盡可能地推進悲劇裡嗎？深刻的悲歡當然是小說的構成要素，但我們不可能爲了小說的存在而逼迫自己執意選擇最激烈的情節；你明白我的意思嗎？夏，我們不要倒因爲果。

停止痛苦就失去意義，取得平安與幸福也讓我覺得對不住夏，這段愛情在我心中化爲一種魔咒，當我走近人生種種轉彎點時，我總疑惑到底該追求精神的冒險抑或看重日常的平安？我也感到迷惑甚至畏懼，迷惑夏將如何觀看我的去向，畏懼我若選擇了幸福與平安，是否終得對自己付出失落夏的代價？因爲無法承擔而負載不起夏，同時也因無法斷絕對夏的愛，而踏不出下一個步伐，這是不行的，這是不行的，我原地徘徊思慮不休，不能放棄理想也毫無行動——這就是我解不開的結，離開夏我不過是在逃避，雖然這種處境的形成絕非她的本意。

[13]

眞實生活裡我終於有了夏的消息。白鷺鷥在台北見著她，留了一個電話號碼。

「她講話愈來愈概念化了，接近一種散文似的存在。」白鷺鷥如此抽象地寫著。

那個電話號碼對我構成了一個魔咒：4640-4247，4640-4247……。

僅僅是要不要打電話這件事，我就思慮過分。我自然期待聽到夏的消息，但是，我也怕再度掀起任何波痕，或者，事過境遷，根本沒有什麼波痕……。

就去吧，擋住。我撥了那個號碼。

Hello！——不是她的聲音。

「我要找一位來自台灣的女孩。」

台灣？台灣？話筒那端七嘴八舌地跳了兩次這個音，然後，很確定的回答：

「No。」

〈幸福的想像〉

年假裡露西和我打了幾次電話都以不快收場。年節家族全聚在一塊，親情雖好也難免算算總帳，該結婚了；看在他人眼裡，我和露西好似已成定局，但我們之間卻不知從何談起。

回台北後露西約我出去走走。那天早上下了雨，但午後陽光從雲後鑽出來溫暖了週末的人群。我們在山上湖邊坐下來，水面上有微微的霧氣。她說你給我一點承諾好嗎？「我可以等，只要你能夠開口說說你的承諾。」

「你的心思讓我抓不著。如果你眞不願爲我做一點點決定，那麼，我不想再要求你了，我也不要再折磨自己，我好累。」

「你知道嗎，你從來沒有一次是眞心笑得非常非常快樂的；爲什麼你不讓自己快樂呢？」

「其實我一點也沒有要逼你的意思，因爲你相不相信我也怕你眞的就答應我了。因爲你跟我在一起不快樂，如果以後也一直這樣，那麼你只會愈來愈不是你自己，我不要你只是個不講話的人在我身邊，我不要你變成這樣子……」她已經泣不成聲了。

「告訴我，你相信幸福嗎？」

「幸福？」我愣了一下，露西正直直地盯著我，但只是幾秒鐘，她無奈地笑了：「你想像過你自己的幸福嗎？」

沉默了很久，我回答：「我不知道，我很少想這些。」

露西沒再追問，她別開臉去看鄰處的釣魚人。她在想什麼？方才那話好像不是她說的，露西怎麼會開口問這樣的問題呢？（你想像過你自己的幸福嗎？）與其說我很少想，不如說不知怎麼想。幸福是什麼意思？與其說我憂慮是否得到幸福；不如說我不知道幸福是什麼。幸福是人人都有的嗎？幸福長什麼樣子？不幸福又是什麼？幸福來的時候會發出訊息嗎，我會知道嗎？

眞複雜。我簡直又在玩遊戲，爲什麼總要把事情這樣翻來覆去拆來拆去地想呢？這樣的我，能給露西帶來幸福呢？我爲什麼不直接回答她的問題？我漸能明白露西所要求於我的激情是什麼，我當然應該承認在這點上我對不住露西，然而，更無奈的是我不得不承認自己眞正是喪失了對激情的夢想。送她回家的時候，我很想開口問她想念是否也可以是一種愛？可我還是那樣一如往常地說聲再見而已。獨自在她家巷口的階梯上抽了幾根菸，我在腦裡揣想著她現在可能的每個表情、每個動作——我經常想起露西，有關她的事像一條平靜水流在我心裡，只是我不曾跟露西說過這些，也不想用這一點來說服自己。沒有了激情的想念可以是一種愛嗎？我想著。

夜深人靜，一個又一個安睡的窗口，我知道歸屬需要仍然是人生的一個課題，而人生不也是一場探尋模糊天堂的旅行嗎？也許並不是婚姻生活中不可能存在幸福，而是我自己先俗化了婚姻的意義藉以逃避人世的試煉？我對露西的情感是怎麼回事？我該離開嗎？失落夏和失落露西會有什麼不同？我漸漸體會到夏與露西原來並不是對立的角色，她們竟對我暗示著相近的意義；她們都在等待我的成熟與決定，迷惑與懦弱只是來自自身的精神世界，來自理想的失落，個性主義走到末路眞是孤獨與幻滅嗎？

【14】

……我們應該信神的話語和能力過於信我們自己的感覺和經歷……。

……明天會使我們掛慮，可是神已經在那邊了；我們一生的明天，都必須先經過祂，然後才臨到我們……。

〈誰是唐吉訶德〉

和童年時睡過的祖母臥房一樣，暗暗的牆角裡殘著蜘蛛網，數支菸槍輪流薰著屋裡的古董傢俱。我遲到了，坐下來時他們正在看菜單，暈黃黃的燈，菜單裡的字看起來像蜷曲的小蟲。

「來，歡迎我們的昔日戰友再回台北來。」阿茲舉杯說：「怎麼樣，海邊的軍醫院把你變成作家了沒？」

剛自東部調回來的年輕心理醫師作了個鬼臉。大家乾了第一杯酒。

「上下班的生活規律眞是沒有辦法。」心理醫師開口說：「從前我還用晚上作點什麼，但現在眞不能撐；一熬夜，隔天精神就很差。」

「老了，老了。」阿茲說：「大學時代老師說，年輕好朋友碰面，理想抱負談不完，等到四、五十歲碰面，大家只要來比誰能接連著蹲下去站起來五十下就好了。」

「你們這些人怎麼這麼無趣啊。」阿茲身邊一個膚色健美的男人不耐煩抱怨：「怎樣，是老頭子登場了是不？」

「對不起，對不起，把你給忘了。」阿茲說：「來，我來給各位介紹本世紀末即將出現的偉大舞者——阿里，還有他的朋友，雪莉亞。」女人嬌滴滴地對我微笑，不安定的眼神有掩不住的媚態。

「在台灣，舞者這名詞是現代舞起家之後才創的吧？」心理醫師突然問道。

「是啊，不過現在情況也沒改善多少。」阿里揚揚手上的菸：「你沒看雜誌寫嘛，在台灣你自稱舞者，別人就接著問你是跳牛肉場還是馬雷蒙的？」

「眞可悲。」心理醫師說：「我們就是長在這樣一個不須要文化的富裕社會。」

「你的肌肉看起來很結實。」我轉移話題。

「是啊，跳舞的人最重要的就是身體。」阿里邊說邊比臂肌：「沒有身體就沒有語言。」

「你什麼開始跳舞的？」

「前前後後好幾年囉，不過就是跑來跑去打游擊。」阿里數數指頭：「我跟過幾個團，但要不是弄得不歡而散就是他媽的道不同不相爲謀，相信我，這些人嘴巴講得好聽事實上大腦全腐朽了。」

「呵呵，年輕小伙子講話衝得很。」阿茲說。

「難道不是這樣嗎？」阿里繼續：「人一成名就會被媒體給弄腐朽，所以我才懶得跟他們蘑菇，跳牛肉場就跳牛肉場吧。有機會的話，我還想去法國跳那些更下層的東西，不過現在我沒錢。算了算了，還是回來談你們的小說吧。」

「是啊是啊，談談有趣的小說吧。」雪莉亞忽然開口：「人爲什麼會想寫小說呢？」

幾個人相互對望一會，公推心理醫師代表作答。「你要聽實話還是謊話？」

「喲，我再也不看心理醫師了。」雪莉亞撒嬌說：「還有這樣分的？好，我就偏要聽謊話。」

「你這女人還眞有趣，」心理醫師逗雪莉亞：「好玩啊，你看柴米油鹽多麼乏味。」

「是啊，柴米油鹽多麼乏味。」阿里把心理醫師的話給複唱一遍，伸伸懶腰說：「最近我眞是快窮瘋了，誰說個什麼有趣的小說來聽聽吧。還是——啊，我有個點子了，我們來玩小說接龍好了。」

沒人反對，阿茲遂鬧：「來來來，就雪莉亞先。」

「我先？」雪莉亞托著下巴：「我可搞不懂你們要講的小說是什麼，不過我知道小說不就是說故事嗎？我看過的愛情小說都是這樣子的。」

「那也行啊。」

「哼，少騙我了，你們這些人一定看不起愛情故事——」雪莉亞肆無忌憚地對我拋媚眼。

「啊，有了，我想到了。」雪莉亞得意地說：「前幾天，我做了一個奇怪的夢。」

「好吧，就由夢境開頭吧。」

「我夢到我和許多朋友在海灘玩耍。」大家還沒慫恿，雪莉亞就自顧自說起來了：「點心、飲料還有排球。我們把音樂開得很大聲。太陽很亮，沙灘上好像在冒煙，海面看起來像玻璃。」

「異鄉人的海邊。」心理醫師說：「誰殺了誰？」

「不是不是。沒有殺人。」雪莉亞或許是個很好的演員，一下子就入戲了：「只是玩遊戲。誰出的點子，怎麼玩，我記不清楚了，好像只要有哪些句子出現了，海水就會淹起來。我告訴你們，那眞不是開玩笑的，水淹起來好深，好深，根本踩不到底，偶而還打來幾個大浪把我們都沖散了。我聽到有人在喊：碰到什麼情況，抓住左邊第一個柱子就沒錯。我賣力地游啊游，咦，忽然間，音樂一響，海水又退了。這時就比一比誰最接近原來坐的地方誰就獲勝。沒多久，海灘上來了其他的人，好像是我的親戚來舉行結婚式，不過我沒法跟他們打招呼，因爲遊戲還沒結束，我得隨時留神著什麼時候海水又要淹上來；好緊張啊，我的心一直撲咚撲咚地跳著。」

「然後呢？」

「然後啊，然後我就醒來了。」雪莉亞不好意思地說：「醒來上廁所。」

「原來如此。」眾人哄堂大笑。

「聽來還不錯。」阿茲清清嗓子說：「不太尋常。」

「哪裡不尋常了？」阿里說：「一聽全都平常，哪來什麼高潮好寫？」

「不，我想這裡頭應該有點什麼，只是雪莉亞描述得太簡單了。」心理醫師說。

「是呀，夢這樣一講，變得好淡。」雪莉亞嬌滴滴地說：「但我在夢裡面的情緒可是繃得緊呢，醒來的時候覺得好累好累。」

「那你要不要試試把這個夢講得再詳細一點？」我建議雪莉亞。

「好累人啊。」雪莉亞搖搖頭：「再說，我只是幫你們開個頭；你們不是要玩接龍嗎？」

「是啊，誰來接下去吧；就以這個作底本。」阿茲說：「也許今夜我們可以虛構出一篇偉大的小說。」

「喲，那就你先吧！」舞者阿里興趣缺缺地指著我：「寫小說的！」

【15】

我搞不清我到底把那個跳舞的男人給怎麼樣了，我只記得音樂和雪莉亞的尖叫聲快把我弄昏頭；跌跌撞撞逃到外頭，大寒天的夜風，我很狠吸了幾口氣。

「嘿！兄弟。」阿茲自身後追上：「你是不是喝多了？」

我摔開他。

「犯不著爲一個女人動手動腳嘛。」阿茲又擠上來：「他們就是故意要激你的，你還眞上當？」

我還抓不住自己，阿茲的笑容看起來像小丑一樣。「爲什麼？爲什麼我要逼迫自己去玩那種遊戲？」我使勁喊，阿茲靠近我就推開他，呵呵，他跌歪了。

「拜託，搞什麼東西啊？」阿茲爬起來，努力擠出一點笑，又拍拍我：「這世界就這樣嘛，放輕鬆點，兄弟，你想太多了。」

眞是夠了，這句話已經講過一百遍了。有沒有新的？我又推開阿茲，他又笑。脾氣眞好，笑得眞勉強。如果事情眞的像你講的這樣，你何必忍受我呢？別再笑了，阿茲，是世界眞的這樣，還是我們自己投降了？

幾乎是使勁今晚所有的氣力，阿茲，你說不要想太多是嗎，好，就這一拳了，我狠狠，狠狠地，往阿茲那張微笑的臉打了出去——

「打吧，過來啊。」我對著傻掉的阿茲喊起來：「你也給我一拳吧。」

——在失去平衡的那一瞬間，什麼暖暖的、腥熱的東西流了下來。我抹抹嘴，阿茲，這世界眞的就這樣嗎？你摸，我們的血還這樣溫熱，這樣的血要流到哪裡去才不會冷呢?打吧,打吧,讓我們好好打上一場吧,親愛的朋友。

[16]

仍然沉睡的街巷我的腳步聲驚醒了好奇的貓,清晨的第一班電車裡只有幾張打盹的臉孔。東京的雪已經停了,天明後的台北天氣將是如何?走在回家的路上,眼前好不容易熟識起來的風景慢慢地崩解,再度散落成令人疑惑的碎片。塞在行李裡的小說該如何結束?我原想追隨作家放棄個人的懷疑來保握一些有希望的可能,結果還是放任自己在一拳中擊潰了所有的思緒……。

親愛的夏:

回到東京,梅花才落,櫻花便綻放了。

經過一個冷瑟的冬天,這種春日陽光幾乎可以溶化每個人的心。週末午後,路過的公園裡擠滿賞花人群,過去的我們無論如何是不會去留戀這種溫情的,但和你一樣生活在異地的我,春夏秋冬轉了一輪,漸漸能從這些外人的臉龐感到一絲熟悉溫暖了。

你好嗎？夏，這一句話就是我全部的心意。過去的爭吵，來不及說完的解釋，現在想想都不怎麼重要了，只消小小嘆口氣或彼此苦笑之後便可轉眼忘記的東西，真正忽然間使我說不出話來的，反倒是那些不經意留下的瑣瑣碎碎，氣氛與光線，當時我們明明一點都不在意的，為什麼會如此忘不了呢？夏，你想必也有印象吧，那些徹夜長談後的天光，晨曦裡豆漿的香味，或是許多下雨天的黃昏裡那些心靈與肉體都孤獨無依飢腸轆轆的感覺，迴盪在那些時空裡的旋律，流行也好，不流行也好，都留下來了。

我不知道為什麼開始在乎這些，真正使我驚覺時光如浪潮拍岸逝去再也不會回來的，竟然不是以為絕不能忘記的大事記，而是這些在手心裡大把揮霍而去的瑣碎，我們一點不在乎的背景生活。這不禁使我開始懷疑我們是不是搞錯了？起碼在我們之間，我們是不是搞錯了？

夏，我們到底在爭奪些什麼呢？那些奔馳在生活之上由知識所纏繞起來的團團毛球，的確是我們活過確實的證據，現在我也依舊記著，只是我現在對它們的處理和相信，和以往有些不同了。漸漸我領教到某些我以為理所當然的，原來並不理所當然，某些我以為必然要做到的，也未必做到了——推翻，錯敗，幻滅，承認，如此而已，也許是我認識不清，也許我沒有能力。夏，我寫下這些話的心情並非懦弱沮喪而是平靜的，憂鬱和理想的並存，這的確是我們過去的最佳詮釋，我想起來無論如何覺得很好，只是，現在，理想得重新想想，憂鬱也不好一直下去。

我不知道你是否也和我一樣經歷了這些（畢竟我們分開好久了），如果我說正是承認失敗所以找到了繼續走下去的路，你會明白這是一種成長嗎？我們鬆開手，各自往前吧，你不屬於我也會很好的，某些諒解怎麼樣都會留下來，某些忘不了也是怎麼樣都奪不走的，不要笑說這又是一個理想，真的，我們得相信它是真的，再不相信，我們真要信仰破產了。

再見了，夏，現在的我累得只想好好睡一覺，溫柔的你不要走入我的夢裡。

一九九四年初稿
二〇〇六年修訂

INK PUBLISHING 文學叢書 146

史前生活

作　　者　賴香吟
總 編 輯　初安民
責任編輯　陳佳琦
美術編輯　黃昶憲
校　　對　陳佳琦　賴香吟

發 行 人　張書銘
出　　版　INK印刻文學生活雜誌出版股份有限公司
新北市中和區建一路249號8樓
電話：02-22281626
傳真：02-22281598
e-mail : ink.book@msa.hinet.net
網　　址　舒讀網http : //www.inksudu.com.tw

法律顧問　巨鼎博達法律事務所
施竣中律師
總 代 理　成陽出版股份有限公司
電話：03-3589000（代表號）
傳真：03-3556521
郵政劃撥　19785090　印刻文學生活雜誌出版股份有限公司
印　　刷　海王印刷事業股份有限公司

港澳總經銷　泛華發行代理有限公司
地　　址　香港新界將軍澳工業邨駿昌街7號2樓
電　　話　852-27982220
傳　　真　852-31813973
網　　址　www.gccd.com.hk

出版日期　2007年 2 月　初版
2023年11月　二版一刷
ISBN　978-986-387-692-2

定　價　350元

國家圖書館出版品預行編目資料

史前生活／賴香吟著 --二版,
--新北市中和區：INK印刻文學，
2023.11　面；　公分.（印刻文學；146）
ISBN 978-986-387-692-2　（平裝）
863.4　　112018194